ハヤカワ文庫JA
〈JA1417〉

星系出雲の兵站—遠征—3

林　譲治

早川書房
8475

目次

星系出雲の兵站—遠征—3

登場人物

水神魁吾…………………壱岐方面艦隊司令長官
火伏礼二…………………同兵站監

相賀祐輔…………………壱岐星系要港部司令官
坂上好子…………………同司令部先任参謀

シャロン紫檀…………コンソーシアム艦隊独立混成降下猟兵旅団長
マイザー・マイア……同旅団長附
ラム浅井…………………同曹長

烏丸三樹夫………………壱岐方面艦隊第二一戦隊司令官
三条新伍…………………同先任参謀

バーキン大江…………壱岐方面艦隊敷島星系機動要塞司令官
ブライアン五月………壱岐方面艦隊第一二戦隊司令官
鍋島直茂…………………軽巡洋艦カシマ艦長
ジャック真田…………危機管理委員会科学局天文学部海洋天体学チームリーダー
アスカ黒崎………………真田の部下

タオ迫水…………………壱岐星系統合政府筆頭執政官
ブレンダ霧島…………危機管理委員会科学局副局長
キャラハン山田………同スタッフ
マリソル会田…………同スタッフ

ウンベルト風間………独立混成降下猟兵捜索中隊長
エットーレ
・バルド………………同少尉
バルボ・ビアンキ……同准尉
フィアナ
・マルグレン………同准尉

フィリップス
・シーラッハ………周防政府全権委員
凶狐…………………………シーラッハの部下
妖狐…………………………シーラッハの部下

1 護衛戦闘

四隻のガイナス巡洋艦が待ち伏せる中、無人船ゾンネンと、その後方を重巡洋艦クラマ、そしてその後ろを武装商船マルケスとワシヤが進んでいた。

この時、船団の四隻は減速過程に入って程なく、毎秒五〇〇〇キロで同航していた。ゾンネンとクラマの距離は五〇〇〇キロ、クラマとマルケスの距離は三〇〇〇キロで、ワシヤはマルケスのさらに三〇〇〇キロ後方だ。

ガイナスとの戦闘があるまで、コンソーシアム艦隊では、戦闘艦単艦のレーザー光線砲の有効射程は一〇〇〇キロを標準としていた。この数値は主に各星系防衛軍の警備艦に準拠したもので、巡洋艦・駆逐艦はさらに性能が高い。

ただ射程距離の違いとは単にレーザー光線砲の出力の違いではなく、火器管制システムに依存する問題である。ＡＦＤ（Alternative Fact Drive：代替現実駆動）は高度な計算能力が必要であるため、巡洋艦・駆逐艦は高性能のスーパーコンピュータを搭載していた。この計算能力が火器管制システムの精度に寄与するのだ。

それでも射程距離の照準を警備艦側に合わせるのは、軍艦の数倍の数を誇る警備艦準拠のほうが、共同作戦を行う上で柔軟性が期待されたためだ。

しかし、いざガイナスとの戦闘が行われると、現実はそうした想定とは異なり、AFD搭載艦がネットワークを組むことで長射程を実現することが基本となった。

このため現在は、三隻以上の艦艇であれば、警備艦でも射程五〇〇〇キロが戦闘距離の標準と修正された。

重巡洋艦クラマは高度な情報処理能力とセンサーを有していたので、僚艦の支援なしでも、そのレーザー光線砲は有効射程八〇〇〇キロであった。

つまりクラマは現在の位置関係でも、ゾンネンになら三〇〇〇キロ、最後尾のワシヤにも二〇〇〇キロまで接近した敵艦を撃破することができた。

他にマルケスのレーザー光線砲の射程距離もネットワークに組まれており、五〇〇〇キロを確保しているので、ワシヤとクラマに対しても火力支援が可能だった。

さらにクラマの加速性能なら、七分足らずで一〇〇〇キロは移動できるので、早期に敵艦を発見すれば、より遠距離の敵を撃破するという芸当もやってのけられた。

クラマの火力に船団が依存しているなら、他の三隻はもっと密集すれば良さそうだが、そう単純な話でもなかった。

一つは船舶が密集しすぎると、クラマのセンサーに死角が複数生じてしまい、早期警戒能力が低下するという点がある。特に減速シーケンスでは、センサーが集中するクラマの艦首部に、減速中のマルケスの核融合プラズマが吹き付けられる形になるため、十分な距離を確保する必要があった。

星系外縁の星間物質密度が極度に低い空間では、宇宙船の核融合プラズマはかなり濃厚な存在であり、船団配置を多少変えてもセンサーへの影響は避けがたい。

また至近距離での不適切な船団配置は、敵襲に反撃しようとしても友軍艦船が遮蔽物となり、有効な反撃ができなくなる恐れがあった。

準惑星天涯《てんがい》攻略戦での艦隊戦は戦闘距離がかなり近かったが、それは天涯の周回軌道周辺だったためで、どちらかといえば例外的な状況だ。

他に距離を十分に確保する理由としては、ＡＭｉｎｅのような運動エネルギー兵器を投入された場合に、船団の全滅を避けるという意味もあった。特にこの点は、輸送船ラーラが運動エネルギー兵器に撃破されていることもあり無視できない。

しかし、電子戦の専門家である烏丸《からすま》三《み》樹《き》夫《お》司令官が全長一万一〇〇〇キロに及ぶ船団配置を取るのは、十分な基線長を確保するという意図がある。烏丸がカザリン辻村《つじむら》主計大佐に依頼して、警備艦を改造した武装商船を用意したのも、その探知能力に期待してのことだ。ゾンネンからワシヤまで、四隻の艦船のセンサーはクラマの戦術ＡＩに統合され、直径一万一〇〇〇キロの巨大センサーシステムを構築していたのだ。

「ガイナス巡洋艦は、我々と同航状態ですね」

三条新伍《さんじょうしんご》先任参謀には、それが意外だった。六七〇〇年以上前に敷島《しきしま》星系から壱岐《いき》星系に向けて航行していたガイナス船団は、慣性航行状態でたった毎秒八〇〇キロの速度で移動していた。

それはほぼ星系内を移動する内航船レベルの速度で、恒星間宇宙船のものではない。彼らには他に高性能な宇宙船がなかったのか？　つまりガイナスにとって、敷島星系からの脱出は急を要することだったのだろう。三条はそう思っていた。

もっとも、違う解釈もあるらしい。烏丸によると、ガイナス宇宙船を分析しているチームが別の仮説を立てているという。どうもガイナスの核融合主機は秒速八〇〇キロまで加速したら、あとはアイドリング状態で慣性航行をするのがもっとも機械への負担が少ないのだという。

恒星間を航行中は、核融合炉からのエネルギーだけが乗員の命の綱であり、その信頼性が何よりも重要だ。だから機械的な負担のもっとも少ない運用を行う。

つまりもっとも安定した核融合炉の運転を行おうとすれば、敷島星系から壱岐星系まで移動するのに、六七〇〇年近くの航行という結果になるらしい。

仮にガイナスが冬眠状態なり機械化するなりして恒星間を移動しているとしたら、多少時間がかかっても手持ちのエネルギーで移動を完了することこそ重要だ。エネルギーを使い果たせば、それは死を意味するのである。

その彼らが秒速五〇〇〇キロ近い速度の自分たちと同航しているという事実は、彼らの資源が潤沢であることを意味しているのだろう。

「三条殿、奴らは何を最初に攻撃すると考えなさる？」

烏丸は先任参謀の意見を求めてきた。これには三条も自信を持って返答できた。

「我々でしょう。敵は自分たちの優位を気取《けど》られないことを重視しています。クラマ以外の艦艇を攻撃すれば、自分たちの位置を明かすことになる。

敵にとってクラマの性能が未知数である以上、位置を明かすのはリスクです。ならば最大の脅威であるクラマを最初に奇襲攻撃で破壊するよりないでしょう。

クラマを撃破できれば良し、できないとすれば逃げるまで」

「もちろん夷狄《いてき》は、自分たちが発見されていることを知らぬという前提でな」

ガイナス巡洋艦は、船団の進行する直線上を四方から囲む形で相互距離四六九〇キロを維持していた。

先頭を進むゾンネンから見れば、進行方向の左右に三〇度の角度を持って、四隻のガイナス巡洋艦はほぼ距離六〇〇〇キロの位置にいる。

五〇〇〇キロ後方のクラマから見れば、進行方向軸より一八度ほどの角度で左右に展開し、約一万五三五キロの距離があった。

ガイナス巡洋艦のＡＭｉｎｅやレーザー光線砲の最大射程はわかっていない。ただよほど大きな技術革新でもない限り、現在の位置関係なら戦闘距離には遠すぎるため、ガイナス側からの攻撃はないはずだ。

それでもガイナス巡洋艦がＡＭｉｎｅを使うなら、人類のそれと同じ性能である限り、先頭をゆくゾンネンを撃破可能だ。複数のＡＭｉｎｅを使えばより確実だろう。ゾンネンが最大加速で逃げようとしても、六分ほどで追いつかれてしまう。

ただゾンネンをいま襲撃すれば、やはりクラマを撃破するチャンスは失われる。

一方で、クラマの側も行動の掣肘《せいちゅう》を受けていた。こちらの探知能力を悟られないために、前方にガイナス巡洋艦が待ち伏せていることに対して、あくまでも知らない顔を続けねばならない。

そうしているうちにガイナス側が動き出す。ガイナス巡洋艦も烏丸らと同じように減速し、速度を揃えていたが、減速を緩めることで着実にクラマとの距離を縮め始めた。

これはなかなかうまい戦術だった。減速を緩めれば、宇宙船から放射されるプラズマや電磁波は減少する。それだけ接近しても気取られないわけだ。

ガイナス巡洋艦のステルス技術は、センサーにダミー情報を与えることで姿を隠すという仕組みだが、それでも雑音が少ないほうがセンサーへの欺瞞《ぎまん》はうまくゆく。雑音が多すぎれば流石《さすが》にＡＩもそこにデータの矛盾を感知してしまうからだ。

ガイナス巡洋艦四隻は、着実にクラマに接近している。この状態を続けるなら、約五三分後にガイナス巡洋艦は、ゾンネンと距離三三一六キロで最接近する。この時点でクラマとの直線距離は六〇〇〇キロになる。

烏丸は黙っていたが、おそらく敵がしかけてくるとしたら、このタイミングだろうと三条は思っていた。ガイナスは過去の戦闘で、ＡＭｉｎｅにより大敗していた。だからまずＡＭｉｎｅを最大の脅威と考えているだろう。

ゾンネンより前からの攻撃だと、万が一、ゾンネンもＡＭｉｎｅで武装していた場合、クラマとゾンネン両方のＡＭｉｎｅ攻撃を受けることになる。

これがゾンネンより後ろの位置だとＡＭｉｎｅは進行方向逆向きに発射されるから、弾頭片の効果は著しく低下する。マルケスとワシャは遠すぎるから、クラマのＡＭｉｎｅだけを警戒すればいい。

「ゾンネンのＡＭｉｎｅを、標的1に対して距離四六九〇キロまで接近し次第、発射せよ」

烏丸司令官は戦術ＡＩに命じる。標的1とは四隻あるガイナス巡洋艦に便宜的につけた符号だ。

輸送船ゾンネンから見れば、四隻のガイナス巡洋艦はいずれも進行方向四五度の位置になる。ゾンネンに装備しているＡＭｉｎｅは一基だけだから、標的を一つに絞るのはわかる。しかし、ここでゾンネンから攻撃を仕掛ける意図が三条にはわからない。

三条は最初から、この戦闘でゾンネンのＡＭｉｎｅなど戦力の数に加えていなかった。ゾンネンはセンサーなどは強化されていたが、そもそも直接的な戦闘など期待しておらず、ＡＭｉｎｅの搭載も保険以上の意味はなかった。

しかし、烏丸はそれを標的１に対して使うという。そして彼の命令はさらに不可解になった。

「クラマの艦尾部にあるレーザー砲塔のうち四基を標的１に対して向け、火器管制システムは各砲塔のものだけを使用せよ。ＡＭｉｎｅの弾頭起爆後に三回砲撃する」

クラマのレーザー光線砲は二四門あり、これは通常の巡洋艦の三倍、レーザー火力を強化した巡洋艦と比較しても倍の武装だ。

遠距離レーザー砲戦とは換言すれば確率の問題であり、砲門数を多くして命中確率を高められるなら、より遠距離からの攻撃が可能となる。

だから艦隊をネットワークで結び、システムとしてあたかも一つの軍艦とするのは、火器管制の精度向上だけでなく、そうして火点を増強した砲戦を行い、命中確率を上げるという意味もある。

だが烏丸司令官は、二四門の中の四門だけを標的1に向けるという。しかも、その四門を船団の火器管制システムに接続するのではなく、照準は個別の砲塔で行うというのだ。

重巡洋艦クラマは軍艦であるから、敵の攻撃を受けてシステムにダメージを受けても、個々の砲塔が稼働する限り戦えるように設計されている。

このため近距離でしか実用性はないが、個々の砲塔にも照準装置は内蔵されている。

つまり烏丸の命令に従えば、クラマのレーザー攻撃は、標的1の近くを通過するだろうが、命中することはほぼ期待できない。

「司令官、命中させたくないのですか？」

三条にはそうとしか思えない。

「まぁ、砲戦は時の運じゃ。これで命中したらしたでめでたきこと。とはいえ、確率的に命中は望めまいよ」

烏丸は命中しないことをあっさりと認めた。そして、こうも言う。

「夷狄には、我らはさも慌てふためいて見えような」

「仕掛けるわけですか」

烏丸が何をどう仕掛けているのか三条にはさっぱりわからないが、ともかく何か仕掛けているのだけは確信があった。だからこう尋ねたのだ。

しかし、烏丸は三条をいささか買い被っているのか「左様、左様」と頷くだけだ。

輸送船のＡＭｉｎｅは、投射用の磁気カタパルトやセンサーシステムと一体構造になっていた。短期間の改修で商船を武装化するためだ。船団の輸送船に装備されているＡＭｉｎｅはすべて、この一体構造式のものだ。

ＡＭｉｎｅの投射機構のセンサーが標的１を探すが、見つからない。その代わりゾンネンからは標的１の座標が送られていた。

投射機構にはその座標が設定され、標的１までの距離がゾンネンからの航行データをもとに計算される。その数値が距離四六九〇になったとき、ＡＭｉｎｅがカタパルトから投射される。

それはプログラム通りの航行パターンでガイナス巡洋艦の方へと向かう。射出の時点で、ＡＭｉｎｅは最初に設定した座標に向かうだけで、通常のようにスタートラッカーで自分の位置関係を計測していない。

ＡＭｉｎｅの比較的単純なセンサーシステムでは、ガイナス巡洋艦により容易に干渉され、騙されてしまうだろう。

「電磁波パターンの収集に成功しました」

戦術ＡＩが報告する。三条が怪《け》訝《げん》な表情を浮かべると、烏丸は仮想空間に表示されるＡＭｉｎｅからのデータを目で追いながら言う。

「ＡＭｉｎｅのセンサーデータでござるよ。夷狄がＡＭｉｎｅのセンサーを欺瞞しようとして、それに対する干渉が行われる。さすればＡＭｉｎｅのセンサーデータはクラマに中継されるのじゃよ」

戦術ＡＩは、ガイナス巡洋艦の実際の位置とセンサーに描かれるデータのズレから、干渉方法を分析していた。

「夷狄もなかなか食えぬ者たちよ」

「何がですか、司令官？」

「三条殿、ＡＭｉｎｅもＢＭｉｎｅも、センサーは共通なのはご存知か？」

「民生品を大規模に導入して量産したとは聞いてますが」

「そこよ、夷狄は自分たちを封鎖しているＢＭｉｎｅに対して、執拗に封鎖破りを試みてきた。

それらは失敗の連続と我らは考えておった。だが夷狄はその失敗の中で、ＢＭｉｎｅのセンサーの特性を読み取っていたのじゃよ。おそらく軍艦の反応も含まれていただろう。民生品も軍用品も、感度や信頼性は違えども、センサーとしての原理は同じ。ＢＭｉｎｅのセンサー素子を騙せたならば、宇宙船のセンサーシステムに対して欺瞞データを送りつけるまで指呼《しこ》の間《かん》じゃ」

それは三条にとっては新しい解釈だった。ＢＭｉｎｅに対するガイナスの封鎖破りの技術解析レポートは、三条も先任参謀として目を通している。

しかし、電子戦の専門家である烏丸は、レポートからその先を読み取っていたのだ。だからこそ、ここまでの烏丸の采配が三条には読めないのだ。

「さて、始まったぞ」

ＡＭｉｎｅは内部の管制誘導装置だけで前進しているため、ガイナス巡洋艦によるセンサーへの干渉はまったく効果を上げていない。標的1のガイナス巡洋艦は動揺しているのか、急激な加速運動を始めた。

「標的1、加速中、加速度は約八・五Ｇを計測」

戦術ＡＩの報告に、烏丸と三条は耳を疑った。過去のガイナス艦での戦闘では、せいぜい〇・五Ｇ程度の加速しか行われていない。むろんそれ以上の加速もまれに観測されていたが、少なくとも八・五Ｇなどという数値は記録されていない。

「標的1は無人なのでしょうか、司令官？」

「三条殿……いや、そんな馬鹿なことはあるまい」

ガイナス巡洋艦の高加速はそれでも短時間で終わったが、最初の位置より一〇〇キロは移動している。ＡＭｉｎｅは段々と巡洋艦から離れている。そして管制誘導装置が示す起爆位置に到達すると、弾頭は爆発した。

烏丸司令官が最初にクラマの艦長に与えた攻撃命令を取り消さなかったため、艦長から兵器長までの幹部たちも、戦術ＡＩに攻撃中止を命じなかった。

ＡＭｉｎｅが起爆したため、周辺空間には破片やガスが拡散していた。その領域内をクラマのレーザー光線が四条、三回にわたって走る。しかし、そこにはガイナス巡洋艦の姿はない。

レーザー光線はＡＭｉｎｅが起爆した後の空間で、破片を熱したりガスを励起するだけだが、ガイナス巡洋艦には、そうした変化からレーザー攻撃が行われたとわかるはずだった。

「さて、三条殿、あと五三分以内に夷狄は仕掛けて来ますぞ」

「五三分ですか」

三条には少し、見えてきた。標的1は一〇〇キロほど横方向に移動したものの、四隻のガイナス艦が、船団の進行方向の軸から三二一六キロ離れた状態で包囲態勢なのは変わらない。

彼我《ひが》の距離も着実に接近しているが、動きそのものに変化はない。彼らから見れば我々はガイナス巡洋艦を見失ったと判断したのだろう。

そしてＡＭｉｎｅ攻撃が為された時点で、クラマと標的1の距離は九〇〇〇キロ近く離れていたが、この距離ではレーザー砲は命中しないことも観測されただろう。

五三分後には、ガイナス巡洋艦はクラマから見て進行方向の左右両側にほぼ四五度の位置関係になる。それは、ゾンネンにＡＭｉｎｅ攻撃を命じたときの位置関係に等しい。この時の彼我の直線距離は四六九〇キロになる。

ガイナス側から見れば、四六九〇キロの距離だと自分たちは探知されると判断するだろう。だから攻撃を仕掛けるなら、それより前でなければならない。

しかし、距離が離れていると攻撃の選択肢は限られる。となれば、クラマに察知される直前に攻撃するのが最善となる。

だが、それは烏丸がガイナス巡洋艦を巧みに罠にはめたということでもあった。

ただ唯一の懸念は、ガイナス巡洋艦が八・五Ｇもの高加速を出せるという事実だ。こればかりは想定外のことだった。

ガイナスは核融合エンジンで鉄のプラズマを用いて、推力を稼ぐようなことも行っている。だから八・五Ｇという加速度そのものは驚くべき数値ではない。ＡＭｉｎｅなどはもっと出している。

しかし、ガイナス巡洋艦は有人であるはずだ。そしてガイナス兵は骨格が脆弱《ぜいじゃく》であるため、準惑星天涯のような低重力環境でしか生活できないことがわかっている。

にもかかわらずガイナス巡洋艦は八・五Ｇも出している。常識で考えたなら生きていられるはずがない。

むろん身体を生理食塩水タンクに浸すなど、技術的解決策はある。だがそうだとしたら、もっと積極的に高加速を使えたはずだ。にもかかわらず高加速運動が限定的なのは、性能面の優位を活かせない理由でもあるのか？

「思うに……」

烏丸は、そんな三条の考えを読んだかのように語りだす。

「夷狄の軍艦は、意思決定はできるが、意識はないのやもしれぬ」

「どういうことでしょうか、司令官？」

烏丸の言葉に三条はますますわからなくなる。途方に暮れている三条に烏丸は尋ねた。

「三条殿の家に猫はおじゃるか？」

「おります、バイカラーの長毛で、眼がくりっとして、可愛らしい仔猫が。ココちゃんと言うんですけどね、あれでしたら画像ご覧になります？」

三条はそう言いながら、手は画像ファイルの入った胸ポケットの携帯端末に伸びている。

「……いや、それは遠慮しておこう。三条家の猫は餌皿が空になれば何とする？」

「それがですね、催促に来るんですよ。悲しい顔して、膝の上に乗ってきてですね……」

「相わかった、で、三条家の猫は言葉を話すか？」

「話してくれるといいんですけどね、そこは猫ですから。機嫌が悪いと家具で爪を研《と》いじゃうし、駄目だよと叱ると、ゴロゴロと甘えてきますしね」

「つまり、そういうことじゃ」

「何がでしょうか、司令官？」

「猫のような動物には意思決定の能力がある。しかし言語は用いず、我らには意識の存在を確認する術《すべ》はない。だが我々は、動物の行動からそこに意識の存在を読み取ってしまうのじゃ。

餌皿が空になれば、人間からは餌を催促していると思えるような行動をとる。

しかし、それはあくまでも人間の解釈に過ぎない。猫たちは欲求を表現しているのではなく、そうした行為により餌が手に入るということを機械的に学習しただけかもしれぬ」

三条家のココちゃんは違いますよ、と思った先任参謀ではあったものの、烏丸司令官の言わんとしていることは理解できた。ただ猫の飼い主として、承服しかねるだけである。

「すると司令官、あの巡洋艦は動物のようなものだと？」

それに対して烏丸は首を振る。

「猫の喩えが悪かったかもしれぬな。

動物の意識という言葉にあまり囚われめさるな、三条殿。我々はガイナス兵の数と密度が一線を越えれば集合知性が誕生し、意識を持つと考えていた。

だが、ことはそう単純ではないのやもしれぬ。ガイナス兵の意思決定能力とは集合知性前後で○か一かという断続的なものではなく、数の増加に対応するように連続的に向上するのかもしれぬのだ」

三条はそこであることを思い出す。

「壱岐の防衛戦で水神《みずかみ》司令長官は、ＡＭｉｎｅの波状攻撃でガイナス艦隊に宿る集合知性の恐怖を呼び起こし、敵を撃滅し、拠点を見つけ出しました。

　しかし、ガイナス艦の数が減っても意思決定が行えるなら、なぜガイナスは敗北したのでしょう？」

　三条の問いに烏丸はしばし考える。

「司令長官の判断は正しかった、そういうことじゃろう。あのガイナス艦隊が数を減らしても自由意志を持てたとして、恐怖に支配されていたならば、結果において同じことだ」

「ならばガイナス巡洋艦も動物のように、本能優位なのでしょうか。少なくとも恐怖は理解できる」

「三条殿は、なぜに夷狄に関して動物の意識にこだわりなさる？」

　烏丸は三条のこだわりが気になるらしい。

「ＡＭｉｎｅ攻撃に対して標的１は八・五Ｇで回避行動をとりました。ＡＭｉｎｅの性能はガイナスも十分承知しているはずです。安全圏に抜けるのに一〇〇キロも移動する必要はありませんし、当然、八・五Ｇを出す必要もない。

　ＡＭｉｎｅを避けたとはいえ、ガイナスは巡洋艦の重要な性能を我らに示す結果になりました。

　寝ている時にお腹を触ったら飛び起きる仔猫のごとき慌てぶりです。あれが敵艦のびっくりした反応とすれば、その意思決定は動物的じゃないでしょうか？」

「三条新伍、お見事なり！」

烏丸司令官は、心底感心した表情で、三条に向かう。

「夷狄の巡洋艦があの大きさなのは、交通破壊戦を行うのに手頃な意識の量なのかもしれぬ。柔軟な戦闘は可能だが、自意識を持つには至らない程度のな。

実をいえば、マルクスらの動きに腑に落ちぬことがあった」

マルクスとはガイナス拠点に存在する五つの集合知性、五賢帝のなかで、人類との交渉を担当する知性だ。それらとのやり取りは一筋縄ではいかないが、烏丸はコミュニケーションの中に違和感を覚えていたらしい。

「腑に落ちぬこととは？」

烏丸は自分の考えを述べたが、三条はそこに司令官の自分に対する信頼を感じた。

「夷狄の集合知性はセントラリアの戦闘跡が示すように、何らかの権力闘争の構造を持っている。

そんな五賢帝が封鎖を突破し、第二拠点を築くかどうかということじゃ。天涯で採掘された資源の大半は、第二拠点の軌道上に送られたと分析されている。

つまり封鎖を突破した戦艦六隻が第二拠点を建設すれば、否応なくそこに集合知性が誕生する。意識の転送が可能だとしたところで、現在の拠点にいるオリジナルは残る。

しかも資源量から考えて、第二拠点の集合知性の数は五つには収まるまい。一〇や二〇は生まれるだろう。

集合知性の権力闘争は第二拠点の建設でより激しくなる。それどころか第二拠点こそ夷狄勢力の中心となるだろうし、彼らが人類との交渉を始めた時、五賢帝は捨て石にされるかもしれぬ。

つまり権力闘争という文脈で考えた時、封鎖を突破し、第二拠点を構築するメリットは五賢帝にはない」

「だが、五賢帝は第二拠点を建設している」

烏丸に指摘されるまで気がつかなかったが、確かにおかしな話だ。

「この矛盾を解決する解は一つ。第二拠点のガイナス兵たちは、三条殿の言い方を借りれば、動物意識レベルに留め置かれ、そのレベルのものが集団で拠点建設を行うのだ」

「すると五賢帝は、最終的に第二拠点へ移動するつもりなのですか？」

「それはわからぬが、もしも可能であるならば、自分たちの意識を構成するシステムの中に、第二拠点のガイナス兵たちを組み込むだろう」

「第二拠点により巨大化しても、五賢帝は五賢帝のままですか」

「まぁ、状況証拠しかない話だが、多くのことを矛盾なく説明できる仮説でござろう」

三条ははっとした。時計はすでにガイナス巡洋艦の予想攻撃時間に近づいていることを示している。しかし烏丸は、議論を交わしながらも時間はちゃんと把握していたようだった。

「さて、いまの話で、戦術を多少、変えねばならぬな」

「戦術の変更とは？　レーザーで一気に叩くのでは」

「いまのような議論のあとでは、いかにもそれは無粋というもの。ここは雅《みやび》に仕掛けましょうぞ」

「どう、仕掛けるのです？」

「まず確認することがある。あやつらが本に動物の如きものであるなら、あの四隻が群れかどうかをな」

　船団の進行軸を中心に正方形を維持する四隻には、時計回りに標的1から4までの符号が割り振られていた。烏丸はここでクラマ艦長の藤原八姫《ふじなみはつき》大佐に命令を下す。

「ＡＭｉｎｅにより、標的1を攻撃せよ。他は放置でよい。ただし情報収集を怠《おこた》るな」

　藤原艦長はすぐに命令を兵器長と船務長に伝える。もっともそれらの命令は、現実にはＶＲ作戦室を構成する艦長らのアバター付属のＡＩが処理するので、ミリ秒単位で完了する。

　それでも人間の将校が乗艦しているのは、命令に疑問がある場合にはそれを質《ただ》す余地を残しておくのと、たとえ機械が処理するとしても、命令の責任は人間が負うからだ。

直線で標的1まで五〇〇〇キロに接近したとき、重巡洋艦クラマからは、それに対して四基のＡＭｉｎｅが放たれた。

発射から一分半ほど経過したとき、ＡＭｉｎｅがすべて爆散した。レーザー光線により破壊されたのだ。

三条は声を上げかけたが、烏丸司令官が全く動じないことに、声を発するタイミングを失った。そして戦術ＡＩが分析を報告する。

標的1に向かった四基のＡＭｉｎｅは、標的1と標的2にそれぞれ撃破された。爆散した時のＡＭｉｎｅの破片やガスが、レーザー光線により加熱されたり励起された時の分布から方位を割り出したのである。精度はさほど高くないが、標的のどれが何を攻撃したかくらいはわかる。

「標的にされた巡洋艦だけでなく、一番近くにいる巡洋艦もＡＭｉｎｅ迎撃に参加しておるの。夷狄どもも相互支援を知っておるか」

烏丸は愉快そうだったが、三条は違う。ガイナス巡洋艦にＡＭｉｎｅがほぼ無力であったからだ。

「ＡＭｉｎｅは使えませんか」

「驚かぬとも良い、三条殿。ＡＭｉｎｅは飽和攻撃でこそ真価を発揮する武器。一隻に対して四基程度では、容易に撃破されてしまうのは必定《ひつじょう》。夷狄とて、何度も同じ手は食わぬだろうよ。

それよりも夷狄は、協力できる範囲で味方を支援することがわかった。あの四隻は獣の群れよ」

獣の群れとは酷い言いようと仔猫の飼い主である三条は思ったが、艦隊と群れの違いを烏丸は自意識の有無で分けているらしい。自意識があるのが艦隊、意思決定はできても自意識がないのが群れなのだろう。

「標的1に対してレーザー攻撃、ただし一門で二回」

標的1に対して、今度はレーザー光線砲一門により、二度の攻撃が行われた。レーザーは二度とも命中したが、船体が大きいために撃破には至らなかった。

それでも甚大な被害を負っているのか、センサーシステムは、空間に突如として全長三〇〇メートルの宇宙船を一隻捉える。ステルス機能も破壊されてしまったらしい。

標的1からの酸素漏出は驚くほど少なかったが、水蒸気や塩分の組成が強く検出された。ガイナス巡洋艦の内部は、本当に生理食塩水のようなもので満たされているらしい。

烏丸司令官は、ステルス機能が破壊された標的1に対して、さらに一門のレーザー光線砲で二回の攻撃を繰り返した。ガイナス巡洋艦は破片にまでは分解されなかったが、損傷はかなり大きいのか、水蒸気の噴出量はさらに増える。

驚いたことに、ここにきて他のガイナス巡洋艦は標的1へと接近を試み始めた。何をするつもりかは不明だが、三条はそれが仲間を助けようとしているように見えた。

なぜなら、センサーシステムが標的1を探知する精度が低下し始めたからだ。空間に飛散した水蒸気や塩類は確認できるが、発生元の損傷巡洋艦の姿は捉えにくい。

つまり僚艦がクラマのセンサーに干渉し、傷ついた標的1を隠そうとしているのだろう。先ほどのＡＭｉｎｅへの対応といい、ガイナス巡洋艦は僚艦を助けることを優先するように見えた。

ただ四隻のガイナス巡洋艦は、烏丸が空間のプラズマの流れで相手の位置を把握していることを知らないためか、標的1以外は、まだ隠れおおせていると判断しているらしい。

「仲間を思いやっているのでしょうか？」

それは三条の率直な気持ちであったが、烏丸は違っていた。

「三条殿、夷狄は仔猫のように可愛くはござりませぬぞ。電子戦により修理可能な宇宙船を回収できるなら、それを優先する。ただそれだけやもしれぬ」

ここで烏丸司令官は、電波により短い通信文を送る。それはマルクスとのやり取りと同じ構文によるものだった。

「機関を停止し、降伏せよ」

この程度の文章は、集合知性が理解できることは確認済みだ。機関の停止という具体的な行動は理解されていたし、降伏については通常なら面倒な概念ではあるのだが、天涯の都市攻略でガイナス兵自身が降伏していた。だから、これについても相互の理解が成り立っている。

標的1は烏丸司令官の呼びかけにも返答しない。だが驚くべきは他の三隻だった。三隻はほぼ同時に標的1に対して攻撃を行い、瞬時にそれを破壊してしまった。

すると重巡洋艦クラマは、待っていたかのように標的2から4までの三隻を次々とレーザー砲により破壊していった。

クラマの主砲はX線自由電子レーザーであった。波長の短いこのレーザー光線に対抗できる物質は、理論的には存在しない。さらに巨艦であるクラマが主砲に投入できるエネルギー量は他の戦闘艦とは桁違いだった。

いままでクラマが標的1以外には反応していなかったため、他の三隻はまだ発見されていないと思っていたのだろう。それだけに秒単位で切り替わる攻撃に、三隻の巡洋艦は為すすべがなかった。X線レーザーがガイナスの巡洋艦と接触する時間は短かったが、その短時間の接触で、宇宙船は切断され、中枢部分を破壊された。巡洋艦が存在した領域には、多数の金属塊が散乱した。

ただ烏丸は標的4に対してだけは、やや攻撃を控えるよう命じていた。損傷し、通常のセンサーでも探知できるまでになった標的4だが、それが八・五Gの加速を開始した時点で、烏丸はとどめを刺した。

すでにステルス機能は喪失していた標的４に、正確な照準を向けることは容易だった。

「一瞬で敵艦隊は全滅ですね……」

三条は烏丸がここまで時間をかけてガイナス巡洋艦を攻撃してきたのに、最後の最後で秒単位で相手を全滅させたことが信じられなかった。

「四隻の夷狄の姿がわかった時点で、攻撃はいつでもできた。だが、それでは意味があるまい」

「意味がないとは？　司令官」

「遠距離からのレーザー砲戦で夷狄を撃破したとして、それで何がわかろうや？」

「司令官は、敵艦隊の動きを読むために、ここまで戦闘を引き伸ばしていたと？」

「三条殿、すべてはそなたの話からはじまっておる」

烏丸は三条の、ガイナス巡洋艦は集合知性とは別の動物的な知能ではないかという仮説から、ここまでの駆け引きを行ってきたというのだ。

三条は、仔猫だってそれなりに物を考えてますよという、猫馬鹿の感想を述べたに過ぎなかったのだが、天才たる烏丸司令官は、勝手に色々な思考を発展させたらしい。

標的１をゾンネンのＡＭｉｎｅで攻撃させた時点では、それは相手にクラマの能力を過小に見せる意図があった。他の三隻のガイナス巡洋艦は察知できず、レーザー光線砲も標的１の距離では当たらないと。

そしてそれ以降の攻撃は、相手の反応を読むためだけに行われた。四隻中の一隻にのみＡＭｉｎｅで攻撃したのは、攻撃されないガイナス巡洋艦がどう反応するかを確認するのが目的だった。

つまり仲間を助けるのか、助けないのかの確認だ。この攻撃では、ガイナス巡洋艦は協力してＡＭｉｎｅを撃破した。二隻の射程距離にＡＭｉｎｅが突入した時に、攻撃は開始された。

重要なのは、この戦闘でガイナス巡洋艦の間では一切の通信は行われておらず、すべての意思決定は四隻の知能が状況判断の結果行ったものということである。

言い換えるなら、巡洋艦はどれも同じ刺激に対しては、同じ合理的反応をするわけだ。

烏丸にとっての最大の謎、ガイナスは集合知性にならなくても限定された範囲で自由意志の行使ができるのかどうか、それはこの戦闘で確認された。ガイナスは集合知性段階に到達しなくとも、合理的な意思決定が可能だ。

烏丸はさらに歩を進める。標的１だけを集中して攻撃したのだ。ただ完全に破壊するのではなく、修理可能な程度に損傷を与えるにとどめていた。

これに対して、攻撃を受けていない他の三隻のガイナス巡洋艦は、標的１に接近し、その存在をクラマから隠そうとした。三隻の電子戦の余剰能力を結集すれば、標的１の存在は秘匿できるとの判断だろう。

　これは表面的には仲間を助ける行為に見える。だが烏丸は結論を急がなかった。電子戦のコストと負うべきリスクを比較して、損傷艦を回収することのメリットが大きければ救助する、そうした計算で動いたとも解釈できるからだ。

　そして烏丸司令官は最後の一手を打つ。それは標的1に対して降伏を呼びかけたのだ。

　この降伏呼びかけには複数の意味がある。まず他の三隻のガイナス艦に対しては、クラマが未だにその存在に気がついていないという印象を与えること。

　ついでガイナス巡洋艦の知性体が言葉を理解することの確認。そしてこうしたことを踏まえて、三隻が傷ついた一隻をどうするかを確認するという意味だ。

　結果、三隻のガイナス巡洋艦は今まで守っていた標的1をあっさりと見捨て、自分たちで処分した。それは情報を守るため、早い話が口封じだ。

「夷狄の巡洋艦はすでに言語を解する能力がある。ただし、言葉による意思表示については、その能力はなかったのじゃろう。意思疎通の能力があれば、返信は可能だったはずじゃ。イエスかノーでこと足りたのだからな」

　しかし、三条はその意見に納得できないところがあった。

「ですが、理解できても話せないとしたら、ガイナスの反応は矛盾しませんか？　言語を話せないことは巡洋艦の知性体もわかっていることです。

　ならば、こちらが降伏を呼びかけても標的1から返答が返ってこないことは明らかです。

口封じをする理由がありません」

「それはよい着眼点じゃな。

さて、三条殿にわかるようにいうならば、仔猫は腹をすかせても、飯をよこせとは言わぬ。されど悲しい顔して、膝の上に乗ってくるという。

つまり言語を用いずとも、意思表示の手段はある。だからこそ三隻は標的1を破壊する必要があった」

三条は思い出す。天涯の地下都市攻略では、ガイナス兵が降伏した時、歌うだけでなく、武装放棄も行った。歌を言語に含めるかどうかは議論の余地があるにせよ、意思表示のためのパフォーマンスは幾らでもあろう。

烏丸は続ける。

「以上からわかることが二つある。

一つは、あの四隻は知能という観点では独立した存在であり、四隻で一つの知能を維持しているわけではない。もしもそうであるなら、他の三隻は、わざわざ標的1を破壊せずに自爆でもさせればいいだけのこと。

そうではなくわざわざ破壊したのは、標的1の意思決定に他の三隻は干渉できないことを意味する。さらに四隻揃わねば維持できないシステムでもない。独立した宇宙船が四隻で連携していただけで、四隻で一つの意思決定を行っていたわけではない」

「もう一つは何でしょうか、司令官？」

「夷狄は無情ということじゃ。

　大破した標的１とは異なり無傷の三隻は、我々が降伏を呼びかけた時、標的１が降伏すると判断した。標的１は他の三隻のために自爆する、そうした行動をとるとそれらは判断しなかった。

　そうではなく、標的１は自らが生存するための手段を選ぶ、そう判断したわけだ。

　標的１が降伏すれば自分たちの害になる。だから三隻は、さっきまでは守っていた標的１を完膚《かんぷ》なきまでに破壊した」

「ですが司令官、標的１は降伏するとも何とも言ってませんが？」

「三条殿、それは関係ないことじゃ。

　重要なのは、三隻が三隻とも、あの状況では標的１が降伏すると判断したことじゃ。つまり自分たちも同じ状況なら降伏すると、三隻とも考えたのだろうて。

　結局、夷狄軍艦の知能は損得計算には巧みながら、情はない。まさに獣の所業とも言える。あるいは全てにおいて状況判断が合理的とも言えようぞ」

　私のココちゃんは、打算で動くような薄情な仔猫ではありませんよと思いつつも、三条は戦況分析としては烏丸の解釈に納得した。

「ガイナス巡洋艦は、あれ単体が独立した意思決定を行う知能を持っているが、集合知性とは別物ということですか。つまりは動物的な知能であると」

「まぁ、そう解釈して間違いはなかろう。表現には議論の余地があるとしてもな」

四隻のガイナス巡洋艦を撃破したが、烏丸司令官は警戒態勢を解くという命令はくださなかった。むしろ輸送船ゾンネンのＡＩに新たな指示を出していた。

「まだ敵襲があるとお考えなのですか、司令官？」

「三条殿はいかが考える？」

「当面は攻撃はないと思います。いまのガイナスなら兵力の逐次投入という愚策は犯さないはず。それに、おいそれと巡洋艦の量産もできないでしょう。一隻でガイナス艦の一五、六倍の容積はあるんです。

それが立て続けに四隻撃破されたら、ガイナスのダメージも少なくない。あれが建造した全てではないにせよ、この領域に展開しているのはあの四隻だけでは」

「たぶんそうであろうな」

烏丸は言葉通りには思っていない。それは三条にもわかったが、彼が何を問題としているのか、それがわからない。

「少なくとも、あと一隻はあるはずなのじゃがな」

「あと一隻？」

「三条殿、この宙域は夷狄の第二拠点があるであろう領域から、少なくとも六〇天文単位は離れておる。そこで忍耐を強いられる交通破壊戦を行うとして、補給はいかがする？」

　それは三条が完全に見落としていた視点であった。一つには、ガイナス巡洋艦の性能が未知数であったためだ。補給が必要かもしれないし、補給無しで長期間活動できるかもしれない。

　ただ彼らが最大加速で八・五Gも出すということは、相応にエネルギー消費が激しい局面を想定していたことになる。交通破壊戦がある程度の長期戦を想定しているなら、あのような高加速運動は作戦と矛盾する。

　そうであるとして何某かの補給拠点が用意されていなければならない。エネルギーの裏付けもなしに、八・五Gの機動はできない。

「この界隈は、夷狄の第二拠点建設が予想される領域よりも、少なく見積もっても三〇天文単位は天涯に近い。

　天涯から送り出した氷の一つもこの辺に送り出しておけば、燃料については心配いるまい」

　烏丸がいう氷とは、天涯から軌道エレベーターで打ち出した氷宇宙船のことだろう。その大半は、現在のガイナス拠点に送られた以上に、第二拠点へと送られているらしい。壱岐を攻撃する計画が失敗した時点で、未着分の氷宇宙船に対して、軌道変更が行われたと火伏兵站監らは分析している。

そうしたなかの一つ、二つが、再度軌道修正され、補給拠点として設置される可能性はある。

「しかし、その拠点をどうやって見つけますか……」

「案ずることはない、三条殿。目星はついておるよ」

「目星はついているって……どうしてです！」

烏丸は何も言わずに、先ほどの戦闘状況を表示する。最後まで残っていた標的４は、破壊される直前まで軌道修正を行い、どこかに向かおうとしていた。

「信号分析によると、ガイナス巡洋艦はそれぞれどこかに信号を送っておった。僚艦ではなく、第二拠点の方角でもない場所へな。そして、それへの返信らしき信号が傍受されておる。

標的４が向かおうとしていた方角と、信号が戻ってきた方角、この二つより、場所と距離は絞られよう」

烏丸はここで、ワシヤとマルケスだけは現状の針路を維持させ、クラマとゾンネンを補給拠点らしき領域へと向かわせる。

「拠点には何がいるでしょう？」

「まぁ、夷狄は数の優位を確保しながら戦ってきた。今回もそうであったとすれば四隻は攻撃に割ける最大戦力だったのじゃろう。だとすれば領域を守るのに巡洋艦一隻は必要だが、二隻も留める余裕はあるまい」

　移動命令から数時間後、加速したゾンネンはクラマと一万キロの距離をあけていた。そして補給拠点とおぼしき領域に接近すると、積荷である小型探査衛星を次々とカタパルトで射出させはじめた。

　ゾンネンの視点では、中心から外側に向けて螺旋を描くように小型衛星を打ち出していたが、そうすることで小型衛星群は面的な探査が可能だった。

「何を観測しようとなさってるのですか、司令官？　やはり太陽風やプラズマの流れでしょうか？」

「それもある。

　三条殿、考えてもみられい。星系外縁のこの領域、小惑星はおろか星間物質さえまばらよ。

　そこに大量の氷があれば、昇華した水分子で、星間物質密度も桁違いに上がろうぞ」

「それを観測すると……」

「左様じゃ、三条殿」

「ゾンネンを先行させるのは……目くらまし？」

「左様でござる」

　二隻の宇宙船は相変わらず減速中であるから、主機は進行方向に向けたままだ。それも小型探査衛星のセンサーに感知されるが、噴射するプラズマの特性はわかっているので、データからはその影響を引き算すればいい。

さらに核融合プラズマは、周辺の星間物質密度よりも濃厚であるので、その流れがガイナス巡洋艦や氷の宇宙船の姿を浮かび上がらせるはずだった。

小型探査衛星からのデータが次々と集まってくるに従って、周辺の状況も明確になってきた。プラズマの流れの不自然な領域が絞られ、さらにその詳細が時間とともに明らかになる。

そして戦術AIは、ガイナス巡洋艦の位置を特定した。

「形状がやや異なるようじゃの。突起が多いように見える」

烏丸が言うように、戦術AIがデータから復元したガイナス巡洋艦の姿は、船体から九〇度間隔で四本のアームが伸びているように見えた。この形状は補給担当のためか。

「砲撃準備、船殻の後部二五パーセントを切断。損傷は最小限にせよ」

先ほどの戦闘の映像分析によれば、ガイナスの巡洋艦はガイナス艦と類似の構造で、機関部が艦尾にあった。だから烏丸の命令は、このガイナス巡洋艦の艦尾のみを切断し、電力だけを除去するというものだ。

主電源を失えば戦闘もできないし、逃げることも不可能だ。精密砲撃のためのデータも揃っており、不可能ではない。

そうすることで烏丸は、このガイナス巡洋艦を可能な限り無傷で手に入れようとしている。おそらくは戦闘艦としての能力よりも、個々の巡洋艦の意思決定能力について調査するためだ。

攻撃の直前に、より正確な分析が出た。それは確かにガイナス巡洋艦とほぼ同じ宇宙船であった。ただ武装らしきものは見当たらず、やはりアームが四本、放射線状に伸びている。そのうちの一本は、氷宇宙船と接合していた。

戦術ＡＩはまず氷と巡洋艦の接合アームを切断し、宇宙船の姿勢が変わった時点で艦尾周辺をレーザー攻撃、本体と艦尾を分離した。ただそれは一刀両断と言うほど綺麗な切断ではなく、該当部分周辺が集中的に切り刻まれたような形になった。

ガイナス巡洋艦のステルスシステムは機能を停止し、その姿はカメラでも確認できた。宇宙船は完全に稼働不能となったのか、その赤外線放射は急激に減少していた。

2　潜水艦

「本当に、敷島星系に我々だけで大丈夫でしょうか？」

旅団長附のマイザー・マイア少尉は、シャロン紫檀《したん》旅団長にそう尋ねずにはいられなかった。

彼らの乗る重巡洋艦スカイドラゴンは、建設中の機動要塞からやや離れた宙域にいた。要塞付近では第一二戦隊の艦艇が展開しており、重巡が接近できる余裕がなかったためだ。それでも、データリンクが遅滞なく作動する距離は維持されている。

「旅団長附、貴様は敷島で戦争でもするつもりか？」

「戦争に来たわけではありませんが、戦闘になるかもしれないじゃないですか」

マイアとシャロンの視界は仮想空間上の作戦室にある。ＡＩに指示を出せば、機動要塞や第一二戦隊の仮想空間上の作戦室と情報共有もできる。

　ただ現状は、そちらの回線は閉じていた。機動要塞はまだ補給拠点として期待できる段階にはないし、現時点では第一二戦隊の支援を仰ぐ必要もないからだ。

「戦闘になるかもしれないが、それはおそらく衛星美和《みわ》の地表だ。現時点の情報では、美和の軌道上で大規模な艦隊戦が起こることはまずない。

　地上の兵力を守るだけなら、軽巡カシマで十分だ。必要ならば、我々が出向くだけのことだ。スカイドラゴンの火力は通常の巡洋艦の倍以上ある。必要なら伝家の宝刀、X線自由電子レーザーを投入してもいい。それでも事態を解決できないような化け物が、あの氷の下に潜んでいるとでも言うのか？」

「そうは言いませんけど。敵戦力が未知なのも事実です」

　最大の問題は、まさにゴートがどんな文明なのかまるで情報がないという事実そのものだと、マイアは思っていた。じつは彼らが予想以上に強大な相手である可能性だって否定できない。

　なぜならば美和はゴートのホームグラウンドだ。その気になれば戦闘のための資源もエネルギーも無尽蔵に投入できるのだ。

「そうだとしても、いままで最大でも戦闘艦四隻の活動しか観察されていない相手が、予想外の大兵力を出せると思うか？　ゴートが我々と類似の生物なら、訓練なしに艦隊は運用できまい。

それでも予想外の事態が起きたとしたら、ブライアン五月《さつき》の第一二戦隊に応援を求めるだけだ」

それでもマイアにはシャロンの考えは楽観にすぎるように思われたが、それはいささか見当違いだった。シャロンは続ける。

「仮に、カシマが圧倒的に強大な敵と遭遇したとしても、被害はカシマ一隻で済むだろう」

「旅団長、それはどういう……」

「貴様がわからないとは不思議だな、旅団長附。相手が強大な敵である可能性は自分も全否定はしない。

ようするにだ、相手が弱ければカシマで十分だし、強すぎたなら犠牲はカシマ一隻で十分だということだ。思ったより強かったというレベルなら我々や第一二戦隊の出番がある。そういうことだ」

シャロンが根は優しい女性であることは、マイアも十分理解している。同時に鋼《はがね》よりも強い人間であることもわかっていた。

彼女は指揮官としての重責を背負い、その責務のために自己の責任で非情な決断を行える。軽巡洋艦カシマだけを投入するとは、そこまで考えての判断なのだ。

「捜索中隊の風間《かざま》はわかってるんでしょうか？」

「それが理解できない人間に、捜索中隊なんか任せないわよ」

*

敷島星系で機動要塞を建設していた将兵は、実体化した重巡洋艦スカイドラゴンの大きさに圧倒されていた。容積だけ比較しても通常の巡洋艦の二倍以上ある。

この重巡洋艦が巨大なのは、改造のもととなった軍艦が無駄に巨大だったこともあるが、降下猟兵旅団司令部も兼ねているためだった。

ただ敷島星系に進出している降下猟兵旅団の艦艇は、スカイドラゴンの他は軽巡洋艦カシマだけだった。カシマとて駆逐艦よりは大きな軍艦だが、容積ではスカイドラゴンの三分の一しかない。

もちろん降下猟兵旅団が保有する戦闘艦艇はこの二隻だけではない。艦艇部隊としての制空隊が編入されている。その制空隊は、旅団編制になったことで若干の改編がなされた。

まず旗艦が重巡洋艦になったことで、それまでの巡洋艦ニイタカは降下猟兵連隊の編制から外れ、他の艦隊へと異動する。

旅団は基本的に二個連隊編制なので、第一連隊、第二連隊それぞれに強襲隊と駆逐隊がつく。それぞれ強襲艦三隻と駆逐艦三隻からなる。旅団全体では強襲艦と駆逐艦の総計は一二隻だ。

これに旗艦である重巡洋艦スカイドラゴンと、捜索中隊が運用する軽巡洋艦カシマが加わる。捜索中隊は状況により装備などを組み替える必要があるため、カシマ型軽巡洋艦が望ましいのだ。

このように降下猟兵旅団の戦闘艦は強襲艦も含めて一四隻となる。これだけの戦力なら、単に軌道上から降下猟兵を支援するだけでなく、自分たちだけで艦隊戦を実行できる。

実はこの他に、補給隊が艦艇部隊として付属する。補給隊は二隻のＣ３型輸送船が基幹編制だが、いざとなれば兵站監などに依頼して民間商船を徴用した船舶を加え、規模を拡大することとなっていた。

だが現時点では敷島星系に補給隊はなく、重巡と軽巡の二隻だけだ。強襲隊さえ来ていない。

そのかわりシャロンは、壱岐星系で天涯のセントラリア戦闘跡を発見したウンベルト風間大尉率いる捜索中隊を、敷島星系に進出するよう命じていた。

危機管理委員会の了解を得て、海洋天体学者のジャック真田《さなだ》のチームを捜索中隊のスタッフとして組み入れ、本格的な調査に着手しようというのである。

捜索中隊だけの作戦にもかかわらず重巡まで投入したのは、現段階では機動要塞の支援を受けない前提であるためだ。バーキン大江《おおえ》司令官が悪くないのは百も承知だが、それでもシャロンは敷島星系での作戦活動には問題があると考えていた。

それはノイエ・プラネットの回収を始めとして、投入戦力が限定的なのが、兵力の逐次投入に思えたことだ。なぜそうなるかといえば機動要塞が未だ建設中で、十分な後方支援能力を持たないためだ。

だからシャロンはスカイドラゴンに必要な物資を満載し、降下猟兵旅団の作戦活動について、機動要塞の支援を受けない方針だった。別にその存在を否定しているのではない。現時点で未完成の機動要塞のために、自分たちの作戦計画に制約を設けたくないからだ。

逆に、投入戦力が捜索中隊のみというのは、スカイドラゴンから十全の支援が可能な部隊規模がこの程度ということでもある。

じっさいの美和調査チームは、警備艦ビートニクスが惑星桜花《おうか》の衛星であるＯＳ18に待機して後方支援にあたり、静止軌道に軽巡洋艦カシマが展開し、地上部隊の支援を行うこととなっていた。

スカイドラゴンは作戦指導のみならず、それら全体の後方支援も担当する。このため惑星桜花より一天文単位ほど離れた領域に待機していた。

即時の通信は望めないが、大抵の事態には現場で対応できるだけの技量が部下たちにはあるとシャロンは自負していた。少なくともスカイドラゴンが支援に向かうまでの数分間、戦線を維持できないような人間はいない。

静止軌道上にはゴートの宇宙ステーションと思われるＳＳＸ２が展開しているが、経度で九〇度ずれているため影響は小さいと思われた。むしろカシマが軌道上に展開するのは、このＳＳＸ２の働きを探る意味もある。

カシマの存在によって美和の氷原で何かが起きたとすれば、ＳＳＸ２は二万八〇〇〇キロ近く離れた軽巡洋艦の存在を探知し、それをゴートに伝える能力があることがわかる。

カシマ投入のもうひとつの理由は、ゴートを挑発するような作戦であるため、脱出も考えてのことだ。

静止軌道から地表までは一万八〇〇〇キロほどあるが、カシマのレーザー砲なら、美和のように大気のない天体であれば、レーザーシャトルの運用が可能だった。光線のエネルギー密度は小さくなるが、推進剤を加熱する程度のエネルギーは得られる。別にシャトルを破壊するわけではないのだ。

レーザーシャトルより高性能の宇宙船はいくらでもあるが、地表とカシマの間を何度も往復する必要があるとなれば、この方式が一番合理的だった。

エネルギーは外部から提供されるし、加熱される推進剤は周囲の氷を溶かせばいい。

厳密に言えば、機動要塞を敷島星系に建設する際の火伏礼二《ひぶしれいじ》兵站監の方針「敷島星系の資源は要塞建設に活用しない」は綻《ほころ》びを見せたことになる。

一つには降下猟兵旅団には、そうした兵站監の方針は通知されていなかったし、通知されていたとしてもシャロン少将は法的拘束力のない兵站監の方針に従うつもりはなかった。

彼女にとって重要なのは、何より任務の達成と部下の安全である。

シャロンの認識としては、秘密裏に要塞を建設するという行為そのものが、敷島星系の主権を侵害しているのであり、そのことが作戦の成功を優先するという根拠となっていた。機動要塞建設にしても危機管理委員会の命令であり、美和の探査を命じられた自分たちとかわりない。

*

「墓所の上空に到達しました」

航法長が、軽巡洋艦カシマが無事に美和の静止軌道上に到達したことを報告する。

墓所とはジャック真田のスタッフがドローンにより発見した場所だ。海底火山の熱源により、氷原に湖が生まれている場所があった。そこでは本来、微生物などの調査をするはずだった。

ところがドローンが発見したのは、おびただしい数のゴート、つまり原種ガイナス人と思われる死体だった。

「船務長、墓所の映像を拡大してくれ」

カシマの艦長である鍋島直茂《なべしまなおしげ》大佐の目の前に、墓所の映像が広がった。同じ光景をウンベルト風間大尉やジャック真田博士も見ているはずだった。

「赤褐色と言うから、アシハマの砂漠のような赤をイメージしていたが、思った以上にどす黒いな」

それが鍋島艦長の率直な感想だった。

「博士は、こんな色は見たことがありますか？」

鍋島はさほど深い意味もなく、世間話程度のつもりでジャック真田に話をふってみた。

「警備艦の汚水処理システムでフィルターが劣化すると、こんな色の汚水が廃液タンクに溜まるね」

「廃液タンクですか……」

これは本気なのか、それとも笑うところなのか。だが、どうやら本気らしい。

「廃液タンクの有機物は、バクテリアの繁殖による複雑な化学反応を起こして、こんな赤褐色になる。同様のことが、この氷の下で起きているわけだよ」

「真田博士がいうとおりなら、あの赤褐色の部分にはうかつに触《さわ》れませんね」

「その通りだ、艦長。宇宙服の素材に浸潤したりはしないと思うが、まかり間違っても素手では触らないほうがいい。

感染症のことは考えないとしても、あの中には多種多様な化学物質が含まれている。シアン化合物やアナフィラキシーショックを惹起しかねないものもあるはずだ」

鍋島は、真田の仕事について、氷山の中で色の変わったサンプルを削り取ってくる程度のイメージしか持っていなかった。しかし、その認識は改めなければならないようだ。彼は大量の毒物の中で、生命という宝石を探しているのだ。

「それより艦長、私は本当に降下しなくていいのかね？」

真田は鍋島に尋ねる。鍋島にしてみればお門違《かどちが》いの質問だ。誰が美和に降下するのか、それを決めるのは旅団司令部であって、艦長の自分ではない。

「博士は降りたいんですか？　あの赤いドロドロした毒物に触りに？」

「毒物じゃない、生物だよ。科学者として、実地に検分したいのは当然だろう」

「でも、旅団司令部が降りてくれと言ってないなら、ここに残って中隊の支援にあたっていただくよりありません。博士の現在の身分は降下猟兵旅団司令部附の高等文官なんですから、指揮系統にはしたがっていただきませんと」

　おそらく旅団司令部でも似たようなやり取りがあったのかもしれない。

「すでに司令部でも説明を受けたと思いますが、海洋惑星の生態系について博士ほどの専門家は少ない。

　捜索中隊に何か起きたとき、適切な指示をするためにも、あなたにはここにいてもらわないとならない。現場で博士に斃《たお》れられたら、我々は専門家なしで事態に当たらねばならないんですよ」

「それはわかるがね」

真田が大人気《おとなげ》なくごねる気持ちも鍋島にはわからなくはない。なぜなら真田の一番信頼できる部下が一人、美和の地表に降下するからだ。現場にも専門家が必要という判断だ。真田によると、その部下の名前をシャロン紫檀旅団長に尋ねられたので、深い考えもなく答えたという。真田から見れば、それが明暗をわけたことになるのだろう。

「まぁ、安全とわかれば真田博士だって降ろしてもらえますよ」

「そうだろうがね……せいぜい危険な天体という結論がでないことを祈るさ」

*

軽巡洋艦カシマから捜索中隊がすべての機材を降ろすまでに、降下モジュールは四往復しなければならなかった。捜索中隊を移動させるだけなら三往復で済むが、基地の建設も行うため、その分の機材輸送に手間がかかったためだ。

捜索中隊のウンベルト風間中隊長は、兵員輸送車の中から一連の作業を監督していた。もっとも彼のスタッフは他の兵員輸送車に分散しており、彼だけが指揮に忙殺されていたわけではない。とはいえ、作業内容は通常よりも複雑だ。

いつもなら撤収も容易なように、捜索中隊の本部施設はエアドームが用いられる。今回もエアドームを用いるのは同じだが、外壁を複合素材で補強し、恒久的な施設とする。

それだけでなく独立した研究棟も建設され、ゴートの死体を解体せずに検査できるMRIなどの設備も用意された。

基地は墓所から少し離れた平坦な氷原に設置された。基礎部分とその上に乗る施設本体が分離されている。

分離するのは基地の熱で氷が溶けてしまうためだ。施設本体は数多くの束柱《つかばしら》で基礎から浮いているので、熱を空間に逃がすのと、万が一にも基礎が傾斜したときには、束柱を伸縮させて水平を維持するようになっていた。

ここまで準備するのは、この施設が年単位の活動を意図しているためだ。

風間は基地設営までの作業が順調に進んでいることに、とりあえずホッとしていた。

エアドームの建設作業に幾つもの兵員輸送車が投入されている中で、そこから離れた場所で黙々と作業を続ける車両があった。

ジャック真田らが開発し、ゴートの死体を発見した、一〇輪車両のドローンである。

いまはゴートの死体そのものを調査するのではなく、氷原の亀裂などを見つけては、そこで微生物などの基礎調査に専念していた。本来そうした微生物検査を想定したドローンだけに、この運用が一番効率的なのだ。

データは捜索中隊本部だけでなく、軽巡洋艦カシマにも送られている。科学者には有用なデータとしても、捜索中隊にとっては直接役立つものではなかった。

風間と同じ車両に乗っているアスカ黒崎《くろさき》博士は、ドローンからのデータに見入っているようだった。彼だけは設営中の基地映像は視界の隅に追いやり、ドローンからの映像を視界の中心に据えていた。

「黒崎先生、ドローンからの映像で何かわかりますか？」

風間は黒崎を揶揄《やゆ》する意図はない。ただ真田の右腕と言われるこの男が、何を考えているかに興味があった。実際問題として、現場で科学的な助言が必要なとき、彼に頼ることになる。

中隊にはバルボ・ビアンキという生物学に有能な分隊長もいるが、真田や黒崎に比べれば、まだ学生というレベルだろう。

黒崎は風間と同じ三〇代と聞いていたが、そういう予備知識がなければ年齢はさっぱりわからない。一〇代に見えるときもあれば、五〇代くらいに老けて見えることもある。

年齢不詳の人物には風間も何人か会ったことがあるが、黒崎のような状況次第で年齢が変化して見える年齢不定の人物は初めてだった。

「ゴートの回収手順について考えていたんだがね」

それは風間の期待した返答ではなかったが、黒崎にとっては同じ話題であるらしい。

「回収手順ですか？」

「そうだ。それをドローンの映像を見ながら考えていたのだが、湖から離れた氷の安定した場所は人間が行うとして、湖周辺で氷の崩落の危険がある領域は、ドローンで回収するのが一番だろう」

「氷が崩落するんですか？」

それは風間も初耳だった。

「私も予想外だったが、湖の微生物には、海底から表面まで運ばれたグループと、氷原の表面で独自に進化したグループの二種類がいるようだ。

どうも氷原に定着した微生物群は、海底から湧き上がってきた微生物群を栄養源というかエネルギー源として、生態系を維持しているようだ。

普通は、海底の微生物は表面で凍結して冬眠状態を続けるのが一般的なんだが、美和では違うようだ」

「それで回収手順が変わるというのは？」

「微生物が冬眠しないで、表面で活動するというのは代謝が起こるということだ。微生物が代謝をすれば氷の中の水や有機物が消費される。結果として氷の中に微細な亀裂が蓄積する。

ドローンの音響探査によると、湖周辺の氷は厚さはあるが、まさにその微生物による微細な亀裂が多い。だからね、氷の物理的強度が非常に低いんだな。

あのドローンは一〇輪で負荷を分散しているから、あまり影響はないんだ。人間が作業したら接地圧が大きいからね、氷が崩落して、海底まで落ち込む可能性がある。降下猟兵の宇宙服って、浮力は小さいんだろ？」

「PAT（Power Assist Trooper：動力支援歩兵）はぎりぎり純水より浮力が大きいので、湖の濃厚な海水なら楽に浮くと思いますが」

「だが氷原が崩落すると、海中に落ちるのとは別の力学が働く。一番近いのは流砂ですかね。崩落した氷の粒の中に底なし沼のように落ち込むことになる。いずれ浮いてくるとしても、落ちた人間を探すのは容易じゃないだろう。水圧で潰されるかもしれないし」

深刻な話をしているはずなのだが、黒崎にはそういう自覚がないのか、むしろ楽しそうにさえ見えた。

「そういう危険な場所での回収は見送りますかね」

風間の意見に黒崎は強く首を振った。

「いや、あの湖の氷が溶けたあたりの死体が、一番新しいはずだ。海流に乗って氷原まで運ばれたばかりだからね。状態としてはもっとも望ましいサンプルだ。

つまりだ、回収手順として我々の一〇輪ドローンはもっとも氷の状態の悪い場所に投入される。結果的に、他のサンプルに関しては人間が手で掘り起こすことになる」

こうして氷の崩落が起こりやすい領域ではドローンが、それ以外では降下猟兵たちがゴートの死体を回収することとなった。また一部では降下猟兵のR2（ReconRobot：偵察ロボット）も調査に投入された。

作業としては、基地を中心に回収作業の領域に座標を割り振るところから始まった。そして地中レーダーを用いて、墓所の死体の分布を調査し、そのマップ作成が行われる。死体の埋まっている深さや座標から、墓所に埋もれている死体分布に何らかの傾向があるかどうかが割り出される。

墓所におけるゴートの死体分布には、確かに偏《かたよ》りが見られた。これは、墓所の付近にある氷河の流れのような動きの影響と思われた。じじつ調査の中で、氷河の流れから死体の一部が外れたために、上半身と下半身が分断された事例も幾つか確認された。

こうした予備調査から、各領域の氷が形成された時代が割り出され、死体の回収も、そうした時代ごとに行われることとなった。時代ごとの死体の変化を見るためだ。

墓所の氷原は概《おおむ》ね縦横二〇キロほどの領域で、氷河の流れと熱を失い、極端に低温になった氷山帯がぶつかるところまで続いていた。氷河はそこから水平方向の移動ではなく、硬い氷山に阻《はば》まれた結果、垂直方向の動きになり、再び海中へと向かっていた。

ただ氷山と氷河の衝突はかなりの力が蓄積されるようで、外周部を調査していたＲ２は地震ならぬ氷震を観測していた。氷山が氷河の移動に巻き込まれて歪みが蓄積し、それが一線を超えた時に地震と同様の震動を起こすのだ。

この氷震の震源付近までが死体発掘の限界だった。震源域まで移動したゴートの死体は、氷河と氷山の衝突と氷震によりすり潰されていたためだ。

　こうした予想以上に活発な氷原の動きは、ゴートの生活圏がどこなのかという議論にも一石を投じていた。ガイナス艦が氷原から現れたことから、一時は氷の中に都市があると思われていた。しかし、そうしたものは軌道上からは発見できず、また美和のエネルギー源が海底火山ということを考えれば、美和の表層部分は都市を維持するには不利となる。

　消去法で考えれば、海中となるが、エネルギーのアクセスに有利でも地震が頻発する海底火山の付近とは考えにくい。水圧の面でも不利だろう。

　海底山脈の頂上付近という仮説がもっとも支持されていたが、それとて仮説の域を出ていなかった。そこまでの調査を進める前に、いまは墓所の調査を進めるほかないわけだ。

　それでも黒崎は独自の仮説をもっていた。

「おそらく彼らは一つの都市に住んでいるだろう。エネルギー量が総人口を制約する以上、効率化は切実だからな。そうであれば全人口を一つの都市に集約するのが望ましい。

　ただここまでの仮定が正しいとすると、一つ大きな問題に直面する。それは、ガイナス艦が比較的構造の簡単な宇宙船とはいえ、それを建造するには、産業基盤が必要ということだ。

　しかし、美和ではそれが建造できるとは思えん。それだけの人口もエネルギーも彼らにはない」

「黒崎さん、それはどうでしょう。ガイナスは集合知性になる前にガイナス艦を量産してますよ」

「ガイナスとゴートでは環境が違う。少なくともガイナスの側には水や有機物の資源は足りないとしても、エネルギーは核融合で潤沢だった。何より宇宙で生きていた彼らは、宇宙船なしでは文明を維持できなかった。

対照的に、海底火山に依存しているゴートの場合は、生存が最優先で、宇宙船に投入できる資源がない。

彼らは祖先からの宇宙船を後生大事に使っているだけで、自前の核融合技術などすでに失われているのかもしれん。だからこそ一つの都市で海底火山のエネルギーに依存せざるを得ない」

「海底火山近くに都市は建設できないのでは？　少なくとも数千年は生存しているからには、安全な場所に建設すると思いますが」

「都市は安全な場所に建設し、エネルギーだけ海底火山から供給する。そういう構造ではないかな。海中探査が始まったなら、重点的な調査はその方向で行うべきだと私は思うね」

風間も、調査計画のシナリオにはドローンによる海中探査も含まれていたことは知っている。しかし、それは先の話だ。海中に向けての超音波探査なども行われているが、とくに目立った収穫はない。

いまはまだ墓所の調査で手一杯だ。それだけでも予想外の発見が幾つもある。

たとえばボーリング調査では、震源域の氷の中には砕け散ったゴートの死体と氷が混ざりあった層が認められた。驚いたことに、その氷の層にはゴートの死体を栄養源として、微生物が独自のコロニーを形成していた。

アスカ黒崎博士らは、この前例のない極限環境微生物コロニーの発見に興奮を隠さなかったが、風間はあくまでも任務遂行を優先するよう釘を刺していた。

もちろん黒崎らが発見した微生物コロニーから、どんな情報が得られるともわからない。だからある程度の調査は認めはしたが、いま為すべきはゴートの死体調査である。

捜索中隊が美和の氷原に建設したのは、基地本体と別棟の調査棟である。さすがに美和で死体の解剖まではできないため、大型のＣＴやＭＲＩなどで、非破壊検査を行う。

そうして得られたデータをカシマに転送し、死体そのものは、死体袋に密閉して保存され、五〇体を一組としてコンテナにまとめられる。ただし、まだ五〇体まで回収は進んでいない。

この最初の五〇体が集まったら、コンテナごと降下モジュールでカシマに運ばれ、最終的に機動要塞で分析される。

あえて現場で非破壊検査を行うのは、ゴートの死体が輸送できないような事態に備えるためだ。

作業手順については黒崎の意見も入れ、続行することとなった。氷の崩落もなく、作業は順調に進んでいた。

黒崎が風間の元を訪れたのはそんなときだった。

「死体が四〇体ほど回収されたので途中経過を報告したい」

彼は墓所の作業現場からそう報告してきた。風間は中隊本部の自室でそれを受けた。単なる報告ならVRを使ってもできる。それをわざわざ訪ねてくるということを、風間も訝《いぶか》しんだ。

中隊長室といってもエアドームであり、執務室と私室の仕切りはあるとしても、両方合わせて安いビジネスホテルほどの広さしかない。

客人を迎える余裕もなく、風間は紙コップにポットのコーヒーを注いで出すのが精一杯だ。手を伸ばせば届くほどの間合いで、風間は黒崎を迎えた。

「それで、黒崎さん、報告とは？」

黒崎は珍しく言いよどむが、それでも口を開く。

「墓所の大きさは縦横が概ね二〇キロほどの領域だ。ただし氷原の氷の移動が激しいので、死体密度には極端なばらつきがある。

大雑把に言えば、湖の両岸一〇〇メートルのエリアに死体の半数が密集している。そこから先は急激に密度の低下を見る。そうした形でゴートの死体は分布している。現在までの分析では、平均して一ヘクタールについて一体という密度になる。墓所全体で約四万体だろう。ただし氷河に粉砕された死体の数まではわからない。現在回収できたのは、広範囲からサンプルとして四二体。単純計算で全体の〇・一パーセントというところだ」

風間は黒崎に先を促す。

「いまのところ回収された四二体は、場所も年代もバラバラだが、一つだけ共通点がある。それは全員が刃物で、二つある心臓を刺されているということだ」

ゴートは動脈系と静脈系でそれぞれ心臓が独立していた。心拍の同期をとるために両者は近接していたが、独立した臓器なのは間違いない。

ジャック真田が最初に投入した一〇輪ドローンが観察した死体に、心臓を刃物で刺した傷があった。しかし、その時の判断では何も結論は出せないでいた。

「傷口はすべて同一で、非公式だが刃物の再現もできている」

黒崎はその刃物のモデルを示す。幅は五センチ、長さは三〇センチの両刃の刃物だ。

「傷口は背中から肋骨の間を刺されていた。死体は凍結されていたから、傷口は比較的良好な形で残っていた。

　問題は、ゴートがどのような文化かは不明ながらも、同族を殺戮する社会であるということだ。

　むろん人類もその点では必ずしも倫理的に勝《まさ》っているわけではないが、ゴートが同族を殺せるならば、異民族である我々を殺す可能性は極めて高い。

　もしも彼らと接触した場合、戦闘に至るリスクは相応に高いと考えるべきだろう」

「戦闘に至るリスクですか……」

　当惑する風間に黒崎は続ける。

「氷の動きが速いというのは相対的なもので、死体そのものは年間せいぜい数十体が浮かんでくる程度と思われる。積年の間にそれが万単位に達した。

　大規模な殺戮は行われていない。しかし、数十体が殺されているという事実も無視できない」

　風間は不思議な気がした。戦闘に関するリスクの評価など、本来は軍人である自分たちの仕事だ。科学者の仕事ではないだろう。

　しかし、ゴートのような未知の相手に対しては、軍人の経験よりも、科学者の知見の方が確かなのかもしれない。

　じっさいゴートの死体はどれも殺された可能性が高いとなれば、そこで重要なのは軍事知識よりも生物学や文化人類学などの経験かもしれない。

風間には、黒崎もまた目の前の現実をどう解釈すべきか悩んでいるのがわかった。黒崎は科学者だといっても、ゴートが未知の存在であることは変わらない。

「あくまでも一軍人としての私見ですが、いまの話には不自然なところがありますね」

「不自然なところ？」

黒崎は風間のその言葉に、何かホッとしたようだった。

「ゴートは核融合宇宙船を運用できるだけの文明を持っています。にもかかわらず、同族を殺すのに刃物を使っている。氷原に追放するわけでもなく、銃殺でもない。

ゴート社会のどんな存在が、どういう理由で殺されているのか、それはわからない……あっ！」

「どうした、中隊長？」

「殺された四二体のゴートの年齢や性別は？　そもそもゴートに性別は？」

黒崎は、風間が何を問題にしているかすぐに理解した。

「遺伝子分析などをしなければ断言はできないが、ゴートにも雌雄の違いがあるようだ。ただ異なる天体の生物の性を論じるのは非常に難しい。あくまでも外見上と解剖学上の相違点があるというだけと考えてくれ。

仮に外見上の違いが性別ではなかったとしても、その違いが殺される理由になったとは思えない。

ゴートの死体で我々が雄と呼んでいるものが二〇体。統計的には性別が殺される理由と関係があるという証拠はいまのところない。

一方で、いま気づいたが、差異がないことに目がいって当たり前のことを失念していたようだ」

「なんです、黒崎さん?」

「年齢だよ。人間であれば骨格の成長や形状、あるいは臓器の発達具合から年齢を絞り込むことも可能だ。

ゴートにも加齢に伴う身体の変化があるだろう。しかし、回収した四二体には、そうした顕著な違いはない。

あの死体が何歳で、ゴート社会では壮年期なのか老齢なのかは不明だが、一つ言えるのは、子供ではないことくらいだ。また組織の状態から判断して、老人の可能性も低いだろう」

老人については断言できないものの、子供の死体は無いというのは間違いないだろうと風間も思った。生殖方法は不明とはいえ、ゴートといきなり二メートル半の大きさで生まれ落ちたりはしないはずだ。

すでに人類は複数の恒星系で独特な生態系を見てきたが、親と同じ大きさで誕生する大型動物は一つもなかった。どこの星系でも、大型動物は赤ん坊から成長して大きくなるという原則は変わらない。

「つまり何らかの理由で、大人だけが殺され、老人や子供は墓所に流れ着くことはない」

風間の意見に黒崎は肯《うなず》く。

風間は、老人の死体がないのは、働けなくなった大人を間引くという掟があるため、誰もそこまで生きられないのではないかと考えた。

出雲星系での文明の黎明期、食糧生産の失敗などから、コミュニティの全滅を避けるために、老人を間引いたという記録も残されている。

衛星美和でのゴート文明の生産力が決して恵まれたものではなかったなら、間引きがあっても不思議はない。

しかし、彼はすぐにその考えを捨てた。それはあまりにも人類の歴史を投影しすぎていると感じたからだ。

「それについては何とも。子供や老人も殺されているが、比重の関係か何かで墓所に流れつかないだけなのかもしれん。

じつはこれに関連し、興味深い事実がある。美和の海中で確認されている最大の生物は、棘皮《きょくひ》動物に似た指先ほどの海鼠《なまこ》のような生き物だ。

これは別の海鼠のような動物を捕食している。他にも形状や大きさは異なるが、広義の肉食動物が存在する。にもかかわらず、ゴートの死体は心臓への刺し傷を除けば体表面に傷らしい傷がない。

つまり、美和の海洋肉食動物たちはゴートの死体を食べなかった。美和全体では、海底火山の熱源周辺でしか生態系は存在できない。

そうした環境で美和の肉食動物がゴートの死体を食べないなど、本来ならあり得ない。貴重なタンパク源なのに。だがゴートを食べた動物は一つとしていない」

「それが？」

風間には、いまひとつ黒崎の論点が見えない。

「墓所の外れ、氷山と氷河がぶつかり、氷河に乗って移動していたゴートの死体がすり潰されている場所は知っているね？」

「任務とは直接の関係はないから、基礎的調査だけを認めたところですね」

「そうだ。あのコロニーだが、ゴートの肉体を栄養源に、ゴートの一部の腸内細菌が生態系を築いている。だが、そのコロニーの中に美和土着の微生物は全く認められない。あれだけ海水に浸かっていながら、美和の微生物は生存していないのだ」

風間は黒崎の言いたいことがわかった。ゴートは美和由来の生物ではない。おそらくは惑星敷島の生物だ。ただ、それは予《かね》てから言われていたことで、今さら驚くような話とも思えない。

だが風間の予想は外れた。

「ゴートが美和由来の生物ではないというのは、ほぼ間違いない。しかし、問題はそこではない。

美和の動物も微生物もゴートの死体は分解しない。理由ははっきりしないが、生命の構造が異なるのだろう。

そうであるなら、ゴートもまた美和の海洋生物を食糧にできない可能性が高い。つまり、美和のゴート社会は、その海洋生物資源を全く利用できないことになる。

その意味がわかるかな？」

「わかりませんが、それが重要なことなのですか？」

ゴートが美和の海鼠を食べられないという話の何が重要か？

「ゴートは海底火山のエネルギーと金属資源を除けば、海洋資源を食料とすることは不可能だ。せいぜい海中のアミノ酸を回収できる程度だ。プランクトンさえ利用できない。海洋からの食料調達を行うには極めて非効率な状況なんだよ」

「だが黒崎さん、準惑星天涯のガイナスは、海水と有機物を手に入れることで、地下都市や拠点の拡大を成功させたでしょう。ならば美和も同じじゃないんですか？」

「天涯の地下都市で、ガイナス兵は海洋資源を食糧として活用していたことが、わかっている。

彼らが活用していたのは、クラゲのような小動物やプランクトンの類だが、海水中のアミノ酸を利用するより効率は劇的に向上する。

そうなるとゴートは、自分たちの食料を海底火山のエネルギーを利用して作り上げねばならない。それが工場的合成食料なのか、農業生産かはともかく。

リモートセンシングでは人工的な都市らしき赤外線源が発見できないという事実は、ゴート社会の消費エネルギーには限界があることを示している。

私見を述べるなら、ゴートの総人口は一〇〇万から五〇〇万の間くらいだろう」

「規模としては大都市が一つ程度か」

風間は黒崎が考える以上に、総人口の意味を重く捉えていた。なぜならそれは総兵力の問題でもあるからだ。

そして重要な点は、仮にゴート社会が一〇〇万の規模にすぎないなら、自分たちには彼らを武力で制圧する力があるということだ。

軍事作戦は、意図と能力の二つが揃って実行される。ゴートに関しては著しく情報が少ないために、能力の点で武力制圧は不可能とされてきた。

だが、危機管理委員会による黒崎仮説の解釈如何《いかん》では、自分たちはゴートと戦える可能性が生じる。

「まぁ、情報が少なすぎては軍事力行使の目算は立たないでしょうが」

風間は黒崎を牽制《けんせい》するように、そう言い添える。不完全な情報で危機管理委員会がおかしな考えを抱かないためだ。実戦に立ち会うのは自分たちなのだ。

　しかし黒崎は、風間とは別の視点で問題を見ていた。

「以前、ゴートは一つの海底都市に住んでいて、ガイナス艦は祖先の宇宙船を後生大事に使っているという話をしたね」

「えぇ、それが？」

「あれから考えてみたのだが、私の仮説は間違っていた。

じじつとしてガイナス艦は氷原の中から出入りするのが観察されていた。だが宇宙船を維持する上では、水や酸素に触れるなど以《もっ》ての外《ほか》だ。真空の宇宙に放置するより、遥かに急激に劣化する。

　彼らが海中に生存しているとしたら、数千年前の宇宙船を維持するには極めて難しい環境にいることになるわけだ。

　そして宇宙船の自力建造も難しい。にもかかわらずいまも宇宙船を維持できるとしたら、損失分をどこからか補充されていなければならない」

「ゴート以外の何者かが、ガイナス艦を提供してきたというのですか？」

「そう考えるのが一番自然じゃないかな。我々にとって、真の脅威はそちらです。ゴートではない」

　論の運びが回りくどいと風間は思ったが、確かにその結論は重要だ。

「つまり、それが敷島文明だと？」

だが黒崎は首を振る。

「現状では、消去法から言ってそうなる。しかし、惑星敷島周辺でガイナス艦は確認されていない。彼らはまったく異なるデザインの宇宙船を用いている。

我々が知らない第三の文明が存在する可能性。それをこの仮説は意味しているかもしれないのだ」

風間は思う。何故に科学は、軍人に頭痛の種を増やしてくれるのか？

*

風間と黒崎が話し合っている間も、死体の発掘は続いていた。特に重視されたのは、やはり海水が氷原に露出している湖の周辺であった。

当初はR2を含むドローンのみでの作業が試みられたが、人間が介在しないと同じ作業に時間がかかりすぎ、却《かえ》って非効率なことも起きていた。

それはドローンの設計の問題ではなく、氷に埋まった死体を発掘するような作業を誰も想定していないことにあった。

そこで降下猟兵たちはサーフボードのようなものを用意して、その上に乗り、ドローンが牽引するような形で落ち着いた。

ただそれに伴い、湖周辺には多数の音響センサーが設置され、氷の状態を常に音の反射でモニターできるようになっていた。

氷が崩落しそうならその前に避難できるし、最悪崩落してもサーフボードにしがみ付けば海中に落ちることはない。

その時、交代で行われていた発掘作業を指揮していたのは、第一分隊のバルボ・ビアンキ准尉だった。

作業は順調だったが、音響センサーの担当者が緊急報告を送ってきた。

「分隊長、センサーに異常です！　退避命令を！　かなり広範囲です！」

報告を受けると、バルボは躊躇《ためら》わず一帯からの退避命令を出す。

ＰＡＴ経由のデータリンクにより、音響センサーが異常を伝える領域からドローンと第一分隊の降下猟兵たちが離れてゆく。

そして音響センサーの担当者は、すべてのデータから、起こっている現象をＡＩに解析させる。単純に氷が割れるという現象とは明らかに違う反応だったからだ。

表面に亀裂が入って氷が割れるのではなく、内部から割れている。そして全長二五〇メートルほどの領域で、音響センサーの音波を強く反射する何かがある。

しかも、その何者かは、明らかに氷原に接近している。

「鯨の類でしょうか、分隊長？」

データリンクから部下の声が飛び込んでくる。

「そんな馬鹿なことがあるか！　この手の海洋天体に大型生物はいない。巨体を維持するのは生存に不利なんだ」

　バルボがそのとき思ったのは、美和の海洋に生息する海鼠のような小型動物のコロニーが湖面に浮かんでくる可能性だった。なぜかはわからないが、鯨のような巨大動物が現れると考えるより、ずっと合理的だ。

　そうしているうちにも、その巨大な何者かは接近する。湖の液体面ではなく、なぜかその近くの氷の脆《もろ》いところを選んでいるようだ。

　その何者かが姿を現す前に、バルボたちは氷原の振動を感じていた。それだけでなくAIは、音響センサーが明らかな機械音を捕捉したことを告げている。

「機械だと……ゴートの潜水艦！」

　一番ありえた可能性を失念していたことに、バルボ自身が驚いた。ゴートが海底火山のエネルギーに依存しているなら、潜水艦くらい持っていても不思議はない。

「出てくるぞ！」

　音響センサー担当が叫ぶと、砕かれた赤褐色の氷が四散し、まず金属製と思われる巨大な塔のようなものが現れた。

　幅は三〇メートル、高さもそれくらいある円錐状の物体だ。

それが氷原の氷を砕くと、さらに全長二五〇メートル、最大幅三五メートルほどの流線形の物体が現れた。円錐状の塔は、本体が氷原に浮上するために氷を砕く衝角《しょうかく》であるらしい。

「水中の砕氷艦か……」

潜水艦が現れたことで、まず分隊長たちはＰＡＴを介して、作業中のＲ２の搭載火器を潜水艦に向けさせた。同時に戦闘態勢を準備したことを風間に報告する。

風間もまさか潜水艦が現れるとは思っていなかったのだろう、各分隊長の対処は適切であるとのメッセージを返してきた。

同時に、近くに待機している中隊の兵員輸送車の機銃も潜水艦に向けられたが、むろん発砲などしない。そもそも誰もこの状況で戦闘は望んでいない。潜水艦の武装さえわかっていないのだ。

「少なくとも、表面に露出した兵装は確認できません。しかし、この潜水艦が深海を航行しているなら、必要とするまで船体の耐圧殻に収納するでしょう」

もっとも近い位置にいるバルボは中隊全体に向けて、そうした分析を述べた。彼はすでに潜水艦の船体表面を、Ｒ２搭載のレーザーレーダーで計測していた。

それによると確かに潜水艦の表面には、開閉式のハッチと思われる切れ目があった。微細な凹凸も見逃さないレーザーレーダーだからこそ識別できる扉だ。

「分隊長、潜水艦の機械音をＡＩに分析させたのですが、結果が出ました。信頼度八〇パーセントで、内燃機関です」

音響センサーの担当がデータリンクで告げる。その情報は風間とも共有されているだろう。ただ、バルボはその報告の意味をすぐにはわかりかねた。

「内燃機関ってなんだ？」

「自分もよくわかりませんが、入植初期の人類が使っていた動力源だと、データベースにはあります。

シリンダーで気体を爆発させて、ピストンを移動させ、それをクランクで回転運動に変える装置だとあります」

部下に説明されてバルボもようやく思い出す。出雲が最初の工業社会を建設した時、動力源としてそうした装置が使われたのだ。

最初は外燃機関の蒸気エンジン。そしてその技術の蓄積の上に、内燃機関としてのディーゼルエンジンがつくられるようになった。

それらは高性能バッテリーと効率的なモーターの登場で社会から廃れているが、ある時代の人類文明を支えたのは間違いない。

しかし、バルボは気がついた。彼が知る内燃機関であるならば、酸素を供給する手段が必要なはずだ。しかし、海中に酸素の供給源などないではないか。しかし、潜水艦は現実だ。

「分隊長、潜水艦の音が変化しています。内燃機関の音が低くなり、代わりに艦内で複数の足音がします。ＡＩの分析では、それがゴートと仮定すると、足音の周期から二四体が駆け足で移動しています」

まるで軍隊の出撃準備だ、バルボはそう思った。そんな彼らに風間から命令が下る。潜水艦から後退せよ。

ただしそれは撤退命令ではなかった。氷がより強固な位置まで下がれという意味だ。潜水艦が氷を崩落させ、部隊全体が壊滅するような状況を恐れたのだろう。

じじつ他の分隊の兵員輸送車は、潜水艦を完全に包囲する配置についている。さらにバルボたちにも車内で待機するよう、指示が出る。

氷が崩落しても兵員輸送車は水陸両用なので、犠牲者が出ることは避けられる。

「船体表面に変化」

ドローンのレーザーレーダーでデータを計測していたＡＩが報告する。ハッチと思われた切れ目が拡大しつつある。ハッチは開こうとしているのだ。

それは衝角と思われた円錐の下部だった。降下猟兵たちが見守る中、縦横五メートル四方のハッチがスライドして開く。

「あれが生きているゴートか！」

全長二メートル半ほどの、宇宙服のようなものを着用した巨人が一人、ハッチから前進した。

3　香椎総務部長

「私が行かないといけないことなの？」

香椎《かしい》士郎《しろう》安全組合総務部長がその出張要請を受けたのは、出雲星系防衛軍第二管区司令部施設の一角に間借りしている自分の執務室でのことだった。

第二管区司令部は、出雲星系唯一のガス惑星であるカグツチの軌道前方六〇度に位置（三体問題における五つの平衡解《へいこうかい》の一つ）する小惑星エベスにあった。

軌道要素が似た天体が重力で結びついたいわゆるラブルパイル天体で、エベスは直径五〇〇キロメートルの天体ながら、自身の重力により辛うじて球形を維持していた。また地下には彗星由来と思われる大量の氷層もあり、これにより二〇〇万もの人口を維持していた。

また歴史的に惑星アシハマに並んで、異星人侵略の場合には要塞としての働きを期待され、艦船の造修施設も充実していた。

そうした大都市の官庁区画に、香椎総務部長は関係機関の代表として事務所を持っていたのだ。

「そもそも第二管区のどこの部局が担当しているのだね？　どうも司令部ではなく、貴官の所属は船舶運用局のようだが」

「そこが難しいところで」

応接室で香椎の正面に就いている、星系防衛軍第二管区司令部参謀の咲坂《さきさか》克也《かつや》少佐は言葉を濁す。

出雲星系防衛軍第二管区は、星系防衛軍の中でも独特の存在感を保っていた。小惑星などが惑星出雲と衝突しないよう監視システムを持つことから、彼らは外惑星領域に至る広い範囲で宇宙船の航行管理業務も担当していた。それが船舶運用局で、救難活動のための警備艦もこの部局の傘下にあった。

人類コンソーシアムで最大規模の経済力を示す出雲星系だけに、母星周辺の宇宙船の航行量は少なくなく、船舶運用局の規模も予算も群を抜いていた。

それだけに幾つかの派閥が存在し、よく言えば切磋琢磨、悪く言えば暗闘していた。咲坂が言葉を濁すのもそういう事情のためだろう。

「重要物の発見なのはわかるんですが、どう判断していいものか、我々にもなんとも。とりあえず上に報告するにも基礎情報は押さえておきませんと」

「上って？」

「上は上です、まぁ、危機管理委員会、統領府、コンソーシアム艦隊、星系防衛軍司令部、どこが担当しても、まぁ、似たようなものでして」

咲坂はそうやって自分の派閥がどこであるのかを巧みにはぐらかす。香椎はすでにうんざりしはじめていた。

「それなら安全組合でも同じじゃないの？」

咲坂は身を乗り出す。

「まぁ、はっきり申し上げまして、現状では危機管理委員会案件になります。昨今は怪しいものは、何でもかんでも危機管理委員会に持ち込まれる。

あそこは未処理の案件が山積ですし、こちらは仕事が進まない。幸い、香椎総務部長は顔が広い」

「まぁ、な」

軍のエリートコースの頂点から、民間に天下った人間をリスペクトする簡潔な表現だな、と香椎は思った。

「一応、軍の外郭団体である安全組合さまから星系防衛軍や参謀部、軍務局に情報を流す形にしていただければ、危機管理委員会が介入する前にこちらで既成事実が作れます。

彼らだって、この忙しい時期に厄介な案件は抱えたくないでしょうから、八方丸く収まる」

「それは第二管区が発見したものを、安全組合が発見したと私を通じて報告しろということかね？　それだと第二管区の業績は失われると思うが？」

「安全組合の業績は、監督官庁の我々の業績ですので、そこはご心配なく」

咲坂はけっこうひどいことを、さらっと言ってのける。ただ香椎はそれに腹も立たない。

自分も変わったと思うわけだが、この参謀はそれを見越して自分に会いに来たのだ。

それを平然と受け入れられるのは、咲坂にかつての自分の姿が見えるからか。親近感ではない、むしろ嫌悪に近い。ただ策士策に溺れるなら、彼に協力し、底の底まで溺れてもらおうと思っただけだ。

「わかった、協力しよう。こんな話は私のような人間にしかできないだろうしな。

それで確認したいのだが」

「何でしょうか？」

香椎が承諾したので、咲坂は上機嫌だ。香椎には、そんな参謀が滑稽に見えた。

「それで、君らが発見したのは本当に播《は》種《しゅ》船なのか？」

出雲星系防衛軍第二管区は、惑星出雲から外惑星領域（恒星出雲から一五天文単位）を担当する。この領域は出雲星系の総人口の八割を擁する、星系の核となる部分であった。それだけに出雲星系防衛軍の中でも最大規模を誇る。

建前としてコンソーシアム艦隊と出雲星系防衛軍は別組織ではあるが、歴史的経緯もあって両者は未だに深い関係にある。教育機関は共通であり、艦隊施設も共用である。

また出雲星系防衛軍だけは、他の星系防衛軍と異なり、異星人の侵略があったような場合、そのままコンソーシアム艦隊の下位部隊として編入される。このため警備艦だけでなく、巡洋艦や駆逐艦を多数保有していた。

このように出雲星系防衛軍は巨大な組織であるため、多くの業務が民間にアウトソーシングされていた。経費節約のためと、退役軍人などを再雇用し、彼らの生活安定と有事に必要な人材をプールするという意味がある。

安全組合もそうした外部委託先の一つである。ここは小惑星などが惑星出雲に衝突しないように領域を監視し、必要なら衝突天体の軌道改変などを行う。そんな軌道改変など一世紀に一回あるかないかの事業であり、外部委託で十分と判断されていたのである。

壱岐方面艦隊の司令長官として小惑星要塞攻略戦に従事するも、ガイナスに対して大敗を喫した香椎中将は、その責任を取る形で退役した。

だが参謀本部第一部長まで務めた人物の退役は、そう単純には済まなかった。大敗の責任は責任として、香椎に同情する声はコンソーシアム艦隊内でも少なくなかったからだ。

「異星人との戦闘では予想外のことが必ず起こる。それによって敗北することも当然あるだろう。むしろ敗北により更迭《こうてつ》されることが続くなら、現場は失敗を恐れ、異星人への積極的な対応ができなくなるのではないか？」

　こうした意見は戦場である壱岐星系から離れれば離れるほど強くなり、惑星出雲までくると、それなりの説得力を持っていた。

　そこで各方面の軍高官らが働きかけ、香椎中将は退役後の就職先として、安全組合の総務部長職に迎えられた。安全組合自体が星系防衛軍関係者の天下り先であり、その役職は、軍での階級・官職で決まった。

　香椎クラスなら安全組合理事が通例だが、さすがに敗軍の将が理事では悪目立ちしすぎるので、ほとぼりが冷めるまでは総務部長というわけである。ただし安全組合の非公式の内規により、待遇は理事相当だ。

　もっとも香椎自身は総務部長で十分で、理事になりたいとは思っていなかった。要塞攻略戦の敗北と退役までのあれこれで、出世欲のようなものがすっかり消えたからだ。それに事務処理を淡々とこなすいまの仕事は、彼にとっては心地よかった。

　そんな彼が咲坂の申し出を受けたのは、好奇心は残っていたのと、若い連中のために泥を被るのも自分の仕事と思えるようになったためだ。

「あれが現場です」

香椎総務部長は、貨客船アガメムノンの一等船室にいながらにして、VRを介して咲坂から説明を受けた。咲坂自身は二等船室で、ラウンジで顔を合わせる以外は、ほとんど接触がなかった。

あれが現場とは言われたが、見えるのは、差し渡し三〇〇メートルはありそうな、簡易シールドで組まれた箱のような空間だ。

香椎も元軍人なので、それが最前線で用いられる船舶の造修設備であることは知っている。

軽合金の梁《はり》で枠組みを作り、それを複合素材の簾《すだれ》のようなもので囲うのだ。修理すべき宇宙船は施設の主梁で固定され、簾が修理のための足場になる。

「本当にあの中に播種船があるというのか？」

香椎総務部長は、播種船を発見したという咲坂の話が急に疑わしくなってきた。

彼が知っている播種船とは、四〇〇〇年ほど前に出雲に入植した恒星間宇宙船で、すべての人類と地球由来の動植物もそれにより運ばれてきたという。

具体的にどんな宇宙船であったのかという記録はほとんど残っていない。入植した人類は、播種船を解体し、それを材料に文明世界の礎《いしずえ》を築いたと言われているためだ。金属部品は何度も鋳潰《いつぶ》されたり鍛造《たんぞう》され、原型はとどめていないという。

ただその話も伝承に過ぎず、幾つかの歴史的事実（牛馬のような家畜を移動手段としていたり、蒸気機関による工業化時代の記録など）とは矛盾するという説もある。

ただ一つ確実視されているのは、播種船は全長数キロはあっただろうということだ。これは歴史の黎明期から、アルミ合金が存在したことが根拠となっていた。

人類が出雲の資源から自力でアルミ精錬に成功するまで、出雲社会に存在していたアルミ合金は、すべて播種船を解体して手に入れたものだった。そのアルミ合金の総量から、巨大宇宙船と考えられていたのだ。

そうしたことからすると、この施設は播種船を扱うにしては小さすぎる。

「すいません。ご足労いただくまで、最小限度の説明にせよと上から言われてまして」

咲坂はそう言って頭を下げるが、誠意の欠片《かけら》も感じられない。

「播種船そのものというより、その一部です」

「一部だと……破片ということか？」

香椎には他に思い浮かばない。播種船の解体作業中に生じた破片が見つかったのか？　船体の一部とは、そういうことではないのか？

「現在わかっている範囲で考えますと、播種船は出雲星系で減速を完了しました。その作業で用いた減速用モジュールのようです。減速が完了した時点でモジュールは役目を終え、出雲星系内で分離、つまりは捨てられたわけです」

「その減速装置を発見したわけか。しかし、播種船はすべて再資源化されたとばかり思っていたが」

「それは第二管区の我々も同様です。ただ専門家によると、けっこう優れた核融合エンジンを搭載していたので、文明復興後に人類が宇宙に進出したとき、減速用モジュールを、新たな宇宙船建造の材料として再利用するつもりだったのではないかと言ってますね。

見ていただければわかりますが、一つの大きなエンジンではなく、八個の中型エンジンを束ねています。ですから、出雲が宇宙技術を持てるようになれば、すぐに八隻の核融合宇宙船が手に入る、そういう設計であったようです」

貨客船アガメムノンは、播種船の減速装置を収容している施設にドッキングし、香椎は内部を案内される。

施設の梁は宇宙船の円筒モジュールと同様な構造なので、香椎は長い廊下を延々と移動することとなった。

そして総ガラス張りの部屋に案内される。そこには照明を受けた、問題の減速装置の姿が見えた。

それは全長、直径ともに二五〇メートルほどの八角形の筒状構造物だ。核融合エンジンを装備したシリンダーは、正八角形をなすように配置されていた。

炭素繊維を使っているのか、全体に黒い。照明のおかげで、やっとその存在がわかった。

「全体に黒く見えますが、これは宇宙線や恒星風による腐食で結晶構造が破壊されたためで、本体はダイヤモンドです」

「ダイヤモンド……強度を確保するためか？」

それに対して咲坂は手を振った。

「強度も考慮していたのかもしれませんが、主たる理由は熱伝導のようです。核融合炉の熱を放熱機構に効率的に伝達するために、ダイヤモンドで船体が構築されたようです。

この巨大な減速装置は播種船に六基あったようです。配置などは不明ですが」

「他の五基は？」

「それはわかりません。星系内を漂っているのかもしれませんが、減速過程で使い終わったのは捨てて来たので、星系内に到達したのは一基だけじゃないかと、うちの技術屋たちは言ってますけどね」

咲坂の説明に、香椎は違和感を覚えた。

「なぜ、君らはそんなことまでわかる？　そもそも播種船の一部がどうして、いまこのタイミングで発見されたのだ？」

咲坂は、その質問に初めて神妙な表情をした。

「香椎さんならご存知と思いますが、ガイナスとの戦闘から、どこの星系でも不審な微小天体の再調査事業が始まりました。ガイナスの宇宙船が密かに浸透したり、母星に小惑星を衝突させる兆候がないかのチェックです」

「あぁ、知ってる。主として各星系の防衛軍第二管区の主幹事業だったな。それで発見されたのか？」

だが、それもおかしいと香椎は思う。惑星出雲に近く、宇宙船の航行量も多い第二管区の領域で、何千年も宇宙船が発見されなかったのも不自然なら、それがいまこうして発見されたのも不自然だ。

「じつを言えば、この物体は数世紀前から発見されていました」

咲坂はしおらしく答える。おそらく香椎が『お前は何を言っているのだ』という表情だったためだろう。

「正確には五四〇年前ですが、異星人の接近を早期に察知するための巨大電波望遠鏡計画というのがございました。惑星の軌道面のほぼ垂直方向に展開し、銀河系の中心方向を常時監視するという構想です。

これは一〇年ほどで頓挫した計画で、歴史の中に埋もれ、知っている人間も第二管区でさえ、ごく少ない。

頓挫した理由の一つは巨大アンテナユニットの展開の失敗です。打ち上げに使ったブースターごと行方不明になるという惨状だったと記録されています。

その失敗から五年後に、恒星より二〇天文単位離れた領域に、人工物が発見された。軌道などから、それは失われた電波望遠鏡のユニットと思われた。

ただ多額の費用をかけて回収する価値もなく、宇宙船の航路帯ともほぼ接点がないため、人工天体リストの中に番号を振られて、そのままデータベースに埋もれ、今日に至る」

「その電波望遠鏡と思われたものが、この減速装置だったというのか？　しかし、なぜデータベースの間違いがわかった？」

「ガイナス宇宙船の偽装があるかもしれないと、人工天体リストの再検査が行われまして、発見された次第です」

「なるほどな」

素直には信じがたい話だが、航路啓開船ノイエ・プラネットのデータが二〇年も埋もれていたという事実を考えると、ありえる話だ。

「しかし、第二管区にも事情はあるだろうが、何も安全組合の私が仲介しなくとも、この大発見はすぐに上部機関に報告すればいいのではないか？

君たちは危機管理委員会が介入することを嫌っているようだが、これは考古学上の大発見だとしても、危機管理委員会が介入するような案件ではあるまい」

咲坂は今までと違った真剣な表情で、立体映像のデータを呼び出す。それは何かの航路図のように見えた。

「我々がいまも使っている度量衡《どりょうこう》は、ほぼ地球で使われていたものを踏襲しています。歴史の黎明期には、まだ人類は地球から持ち込んだ機械類に依存していましたから、それが合理的でした。

　この減速装置の解析には、度量衡の踏襲は好都合でした。電圧から通信規格まで、合致するものが存在した。文字でさえ、かなりの部分がいまと変わっていません」

　確かに立体映像には、減速装置のあちこちに文字が記されていた。どうも減速装置には居住区画はなく、八個のシリンダーにそれぞれ小さな制御室があるようだった。そこには「始動」とか「停止」などと表記されたボタンが認められた。

「この減速装置そのものにはデータベースのようなものはなく、地球文明についての情報は皆無です。ただ、危機管理委員会の介入を招きかねないデータがあるのです。正確には介入の口実となりかねない情報です」

「介入の口実というが、危機管理委員会はすでに多数の案件を抱えているだろう。直接的な脅威でない限り、いまはそう簡単に動かないと聞いているが」

　だからこそ、出雲星系防衛軍第二管区と契約を結んでいる安全組合は閑職と言われるのだ。香椎は自嘲的にそんなことを思う。

「しかし危機管理委員会のタオ迫水《さこみず》は、壱岐の筆頭執政官です。出雲の第二管区に容喙《ようかい》できる口実を見逃すとは思えません」

　咲坂はやや興奮気味に香椎に迫る。香椎はやっと、咲坂たちが危機管理委員会に情報を上げたがらない理由が腑に落ちた。

　壱岐星系でじっさいにガイナスと戦ったことがない、つまりは後方に位置する出雲星系の人間にとっては、ガイナスの脅威よりも、壱岐星系の発言力が強くなることのほうが問題なのだ。

　香椎も艦隊司令長官だった人間である。ガイナスに関する情報の多くが機密管理されていることは知っている。ガイナス兵が人間のクローンを改造したものであることすら、公開情報としては認められていないのだ。

　だから同じ軍人であったとしても、前線を知っている壱岐方面艦隊の人間と、戦場から二〇光年も隔たった出雲の人間では、意識の差があっても仕方がない。

　それは安全組合の生活でも香椎が常に感じていたことだ。さすがに艦隊司令長官まで務めた彼に面と向かって言うやつはいないが、職員の多くが彼のガイナスに対する認識を神経過敏なものと思っているらしい。

　だがよもやガイナスよりも、危機管理委員会のタオ議長を警戒している人間たちがいるとは思わなかった。

　ただ香椎は、咲坂の認識を改めさせようとは思わない。咲坂がかつての自分であることがわかったからだ。人は変わることができる。意識を変えねばならない状況に置かれれば彼も変わるだろう。

逆にそんな事態に咲坂が遭遇しないとしたら、つまりは出雲は平和ということで、それはそれで良しとすべきだ。正直、安全組合という軍の外郭団体の役職に収まった香椎にとって、派閥争いのたぐいはガイナスよりも遠い世界の出来事だ。自分はすでにそんなゲームからリタイアした人間なのだ。

「それで、具体的には何が問題なんだね？」

香椎の質問に、咲坂は指を二本示す。

「二点あります。

一つは、我々の科学者の分析によると、船体表面に見える宇宙塵との衝突痕や太陽風による風化などから推測して、この減速装置は少なく見積もっても、五〇〇〇年以上は出雲星系を漂っていたとの結果が出ました。六〇〇〇年以上の可能性も否定できません。

明らかなのは、三〇〇〇年、四〇〇〇年では短すぎるということです」

「五〇〇〇から六〇〇〇年だと……確かなんだな！」

もちろん確証もなく咲坂が香椎の前に現れるはずもない。このことが危機管理委員会の関心を引くかどうかは、香椎も懐疑的だ。直接なにかの脅威になるとは思えない。

ただ、人類史には大きな影響を与えるのは間違いない。何しろ播種船が惑星出雲に到達したのは、いまから四〇〇〇年前というのが定説であったからだ。

だがこの播種船の減速装置の発見は、その数値を一〇〇〇から二〇〇〇年は遡ることになる。まさに歴史を書き換える発見だ。

ただ香椎はその一方で、意外と冷静にこの事実を受け止めてもいた。理由は単純で、定説とされる四〇〇〇年という数字にしても、物証に乏しいものだったからだ。

人類が出雲に到達して何世紀かは、播種船が持ち込んだ地球の機械類を用いて高度な文明社会を築いていたと言われる。だが、この初期文明世界は数世紀しか維持できなかった。

地球製の機械類にも寿命はあり、いつかは壊れる。そして初期文明世界は絶対的な人口不足から、地球製機械類の代替品を製造できるまでの生産力を持てなかった。

植民初期には核融合炉と連動した溶鉱炉が、鉱石をプラズマ化し、磁場の制御で金属元素ごとに分離、金属精錬を行っていたという（じつは宇宙船由来と言われるアルミ合金のなかには、一部ではあるがこの時代に生産されたものも含まれているらしい）。しかし、その機械が壊れると、人類は耐火レンガで高炉を組み、樹木を伐採し、木炭を作り、それを燃やして鉱石から金属を取り出さねばならなかった。一事が万事である。

この地球製機械が失われ、少ない人口で維持できる蒸気機関などで文明を再構築した衰退期こそが、播種船の情報がほぼ失われる時代でもあった。

歴史家によれば、人々は、地球の技術文明を記録した最後のコンピュータが稼働している間に、データベースの情報を紙に書き写したとさえ言われている。

この伝承がどこまで真実を伝えているかは不明だが、低い技術水準で製造されたテープや記憶装置などもあったにせよ、最も長く情報を記録できたのは紙媒体であった。じっさいそうした紙束の一部はいまも残されていた。

しかし、地球由来の膨大な電子記録を紙媒体にすべて写し取ることなど不可能であり、人類は科学技術情報を最優先に転記した。このため地球社会の情報は播種船に与えられなかったのではなく、この時代に失われたのだという説さえあった。

ともかく人類は転記した知識を頼りに、技術文明が維持できるだけの人口を増やしながら、その技術水準を高めていった。

じつは人類文明四〇〇〇年説には、予てから疑問の声も上がっていた。その一つが、たった四〇〇〇年で、五つの星系に文明社会を築けるだけの一〇〇億人の人口が達成できるのかという疑問である。

だが、それが五〇〇〇年、六〇〇〇年となれば、話はだいぶ違ってくる。人類の文明は自分たちが思っていた以上に試行錯誤を繰り返しながら続いていたことになる。そして衰退期は、今日の人類が思っていた以上の暗黒時代だったことになる。

しかし、歴史学的大発見はわかるが、香椎には咲坂の対応がよくわからない。こんなことで危機管理委員会は動くまい。

香椎の考えを読んだのか、咲坂は説明を続ける。

「我々もこれだけなら、別に危機管理委員会を意識することはありませんでした。

問題は減速装置のコンピュータにあります。当然といえば当然ですが、数千年も宇宙線などにさらされたために、著しく情報が劣化していました。

もともと減速装置の制御用コンピュータですから、地球の文化などについての情報は記録されていない。あくまでも航路や、減速装置の作動記録です」

「その記録から何年、宇宙空間を漂っていたのかわからないのか？」

「減速装置が宇宙船本体から切り離された時の航行記録はあります。ですが、起点となったのがいつなのか、その情報がない。時間はあくまでも相対的な関係を示しているに過ぎません。例えば減速開始から一〇〇年後に分離されたと記録されていたとしても、それがいまから何年前なのかはわからないわけです。

ただ、技術屋たちによると、時間よりも重要な情報をコンピュータから読み取ることができました」

立体映像が大雑把な銀河系を映し出す。

「問題の二つ目。我々は、播種船が数千年前に、地球から銀河系の中心方向に送り出されたと教えられてきました。

ところが真実は逆のようです。播種船はむしろ辺縁部へと送り出された。理由はいくつか考えられますが、地球人がどんな理由で辺縁部を選び、なおかつ、どうして我々は逆方向に向かっていると伝承されてきたのか、その理由はわかりません」

「つまり地球は、我々から見て銀河系の中心方向にあるわけか」

それも歴史的な大発見だ。しかし、この情報に興奮するのは歴史学者くらいだろう。人類が地球の位置を知らない以上、それが銀河系の中心方向か、その逆なのかは、あまり意味がない。

だがそんな香椎の態度に、咲坂はやや苛立っていた。

「わかりませんか、総務部長。出雲星系から見れば、ガイナスの故郷と言われる敷島星系は銀河系の中心方向にある。

そして播種船が六〇〇〇年以上も航行を続けていたとしたら、ガイナスが敷島星系を出発した前後に、播種船は敷島星系を通過した可能性が少なからずあるのです」

さすがに香椎も、その指摘に動きが止まった。播種船が地球から銀河系の辺縁部に向けて送られたのならば、ルートに依存するとはいえ、出雲星系に到達するまでに敷島、壱岐、瑞穂《みずほ》の三つの近傍星系の近くを通過した可能性が少なからずある。

いずれの星系も文明を維持できる惑星があることを考えたなら、播種船のＡＩが他の星系を無視し、敷島星系から三六光年も離れた出雲星系で文明を建設した理由は何かという問題が生じる。

播種船がどういう基準で出雲星系を植民地として選択したのか、その根拠はいまもわかっていない。出雲星系に植民すれば、瑞穂、壱岐、敷島と生存圏を拡大できると人工知能が判断したというのが定説だったが、それも減速装置の発見で覆《くつがえ》ってしまった。敷島星系の方向から接近していったなら、この話は成立しない。

「減速装置に、敷島星系でのガイナス文明の記録はないのか？」

「ありません。コンピュータの記録はあくまでも減速装置の運用記録であり、それ以上のものではありません。しかも、記録自体は不完全なものです。

ただ断片的な運用データから逆算すると、播種船は敷島星系に向けて航行し、一度は減速シーケンスに入っています。だがなぜか敷島星系での減速は中止され、播種船は進路変更を行い、出雲星系で減速を完了しています。

ただ、慣性航行中の記録はありません。減速装置が稼働した時の運用記録だけです。なので播種船の減速シーケンスがどのような状況で行われ、それがなぜ中断し、敷島星系を通り過ぎたのか、一切が謎です。播種船の航法コンピュータならば、すべての行程を記録していたでしょうが」

「つまり播種船のＡＩは、最初は敷島星系に植民を計画していたが、そこに文明を発見し、それらとの衝突を避けるために、航行可能で最も遠い出雲星系に植民先を変更したということか？」

咲坂は香椎の意見を肯定も否定もしなかった。

「総務部長の仮説は、現在までに判明した事実と矛盾しません。しかし、本当にそうであるという証拠もまたありません。播種船が敷島星系に文明を認めたのかどうか、もっとも重要なその点に関して我々には情報がないわけです」

「なるほどな」

香椎は決心した。この播種船の減速装置は、出雲星系防衛軍第二管区などが優先権を主張すべきものではない。現実の調査活動では出雲星系の科学陣が中核を担うとしても、これは危機管理委員会が扱うべき案件だ。だから咲坂の要求には従えない、と。

ただ香椎もいまここで、咲坂にそんな考えを明かすつもりもない。そんなことをすれば減速装置の資料も手に入らない。香椎としては、必要な資料とともに、それを危機管理委員会に提出する腹を決める。

それは安全組合での彼の立場を悪くするだろう。職を失うことは覚悟すべきだ。

しかし、それでも事の重要性を考えれば、咲坂の要求には従えない。

「ご理解いただけましたか、総務部長？」

「あぁ、十分に理解できたよ」

それが君たちの考えとは違っても。香椎はそれを口にはしなかった。

＊

「認証システム、クリアしました」

アイロス玄田《げんだ》少佐の宇宙服のＨＭＤに、貨物船金剛のコンソールデータが表示される。Ｃ２型のＡＦＤ搭載内航船である金剛は、出雲星系防衛軍第二管区の特別施設への補給業務のため、接近が許可された。

アイロスにとっては、まず第一関門突破だ。第二管区のオペレーターたちは、安全組合と傭船契約を結んでいる貨物船の接近に、何の疑問も警戒も抱いていない。

それも当然だろう。第二管区内の大型施設は、タイムラグはあるにせよデータリンクで結ばれ、一元管理されている。

例外は接近中の秘密施設のような場所だ。そうした場所は非公開であるため、データリンクには結ばれない。結果として入港・出港の管理も人間のオペレーターが必要となる。

人間のオペレーターでも運用に問題はない。ただし、彼らは接近中の船舶の最新データは入手できない。この貨物船金剛が、施設の要求物資ではなく、降下猟兵中隊を乗せていることなどをだ。

「あの簾で囲った箱のような施設の中に、播種船に関する重要な装置がある。我々は施設を占領し、装置を無傷で手に入れる」

アイロスは中隊長として部下たちに最後の確認を行う。中隊に一二人いる分隊長からは了解した旨の返答が届く。

アイロスの部隊は従来型の編制で、一個中隊は一二分隊からなる。いまは三個分隊が四つのグループに分かれ、本隊は金剛に、他の三隊は金剛に結合した三隻の小型作業艇に待機していた。

「作戦開始まであと三分」

戦術ＡＩが降下猟兵中隊にそう告げる。

降下猟兵という兵種は、シャロン紫檀少将の旅団の新編こそあったが、降下猟兵部隊全体では、それほど大きな動きはなかった。

治安維持にも関わる降下猟兵の異動は、大なり小なり政治性を帯びてしまうためだ。シャロンの降下猟兵旅団にしても、対象がガイナスという異星人であることが明確なので認められているに過ぎない。

また艦艇部隊と比較して教育訓練施設も限られているため、あまり大きく部隊を動かせないという事情もある。

シャロン隷下の部隊は艦艇部隊を伴う諸兵科連合であり、強力な部隊であることは理解されていたが、予算規模も大きくなるため新設はなかなか進んでいない。それもあって、各星系の降下猟兵は未だに従来型の師団制で動いていた。降下猟兵旅団が装備や組織編制で試行錯誤しているなか、従来型の降下猟兵部隊は中隊・連隊・師団という枠組みを維持していた。

だからこの時、出雲星系には第一から第三までの三つの降下猟兵師団があった。ただ、いずれの師団も定数は満たしていない。シャロンの降下猟兵旅団に中隊ごと引き抜かれたためだ。

そうした状況で出雲星系に残された降下猟兵部隊は、主として治安戦に投入される部隊であった。そしてアイロス玄田少佐もまた、そうした降下猟兵師団の中にいた。

「作戦開始一分前、目標に接近、各班、最終確認せよ！」

宇宙服の無線機が、中隊全員に告げる。降下猟兵第一師団第一連隊第一中隊の中隊長であるアイロス玄田は、戦術ＡＩではなく、中隊本部の古参の下士官の声に、これが初陣《ういじん》との思いを強くした。

むろんこれが本当にアイロスにとっての初陣ではない。それどころか、彼は降下猟兵の中ではベテランと目されていた。上からの評価も篤く、それ故に準惑星天涯で小惑星要塞攻略部隊の指揮官に選ばれた。

だが、彼はその要塞攻略戦で部隊が壊滅と判定されるほどの大敗を喫してしまい、彼自身も重傷を負った。

病院に収容された時、アイロスは自分の軍人としてのキャリアは終わったと思った。作戦は失敗し、部隊はおびただしい犠牲者を出した。軍法会議にかけられないまでも、除隊は避けられまい。彼はそう思っていた。

しかし、そうはならなかった。艦隊司令長官だった香椎中将は「すべての責任は自分にある」とする文書を艦隊司令部に提出し、司令長官の職を辞するだけでなく、自ら軍を去ったのだ。

これにはシャロン紫檀による「降下猟兵は作戦命令に従う義務があるが、命令の責任は指揮官にある。したがって実行者である降下猟兵に大敗の責任はない」との見解を文書として提出したことも、アイロスには幸いした。

もっとも、要塞攻略戦で同じ中隊長だったアンドレア園崎《そのざき》がシャロンの部下になったことを考えれば、あのレポートが救いたかった人間はアイロスではなく、アンドレアだったのかもしれない。

それでもアイロスは責任を問われることなく、リハビリを終えたあと、中隊長職に復帰することができた。

ただすべてが同じではなかった。部下の多くが戦死しており、中隊の大半は知らない顔だった。そして何より、アイロスには「敗軍の将」としての評判がついて回った。

そのことをあからさまに論難する部下はいなかったが、アイロスの采配に常に疑念をもっていると感じることはあった。それだけにアイロスにとって、これは現役復帰してからの最初の作戦、生まれ変わってからの初陣なのだ。

ここで作戦を成功させられるかどうか、それで部下の信頼を勝ち取れるかどうかが決まる。

作戦は単純だった。第二管区が管理する播種船の減速装置を強襲し、管理棟を占領する。それと同時に、施設は危機管理委員会の管理下に置かれる。

天涯での要塞攻略戦と比べれば、難易度はまるで違う。施設の構造や管理棟の配置などは、香椎元中将から詳細なものが提供されている。

アイロスは、この作戦に因縁めいたものを感じていた。同じ作戦の同じ戦場で大敗した指揮官二人が関わっている。

アイロスにとって、この作戦での成功は再起の意味がある。しかし、香椎元中将はどうなのだろう。この作戦が成功したとしても、彼が将官として返り咲くことはないだろう。どう考えても彼にとってプラスになるとは思えない。星系防衛軍との関係が悪化するのは不可避だし、安全組合での地位も失うだろう。

それでも香椎は自身が正しいと思う選択をした。アイロスは、野心家だった香椎には親近感を覚えていた。だが香椎元中将は変わったらしい。そこにアイロスは取り残されたような寂しさを覚えた。

作戦開始三〇秒前に三隻の小型作業艇は分離した。出動が急遽決まったために、武装を施す余裕さえなかった。

三隻のうち、二隻は離れたエアロックから侵入し、脱出路を塞ぐ。そうして本隊の侵攻に合わせて施設職員を挟み撃ちにする。残り一隻は予備戦力だ。

この程度の作戦に予備戦力を用意する必要があるかは、正直、アイロスも疑問だが、彼も相手を舐めてかかると痛い目にあうことは十分に学んだ。

予備兵力が無駄に終わるならそれこそ望むところだ。それが必要になった時、なかったら悲劇が待っている。

香椎が案内されたという施設は、基本的に前線で艦艇の修理を行う野戦用のドックだった。

すべての設備は、主梁にモジュールを取り付けることで増設するという一般的なものだ。なので基本的に主梁だけを制圧すれば、作戦は完了する。

じっさい香椎元中将の記録には、どうやって撮影したのか画像まで含まれており、施設制圧計画ではもっとも参考になった資料である。

ただ香椎は降下猟兵のことを考えて撮影したのではなく、裁判になった時の証拠として考えていた節がある。

と言うのも、施設内にあるプレートなどを念入りに撮影し、どこの誰が関係しているかの情報を丹念に集めていたためだ。

だがアイロスの作戦は楽勝という当初の予測は、貨物船金剛が接近するにつれて急速に失われていった。

「どういうことだ、形状が変わってるぞ！」

香椎に騙されたとはアイロスは思わなかった。そうではなくて、香椎が案内されてからさらに施設の拡充がなされているのだ。

一番の変化は、一つだけだった主梁がさらに直交するようにもう一つ増設され、十字型になっていることだ。

アイロスは己の迂《う》闊《かつ》さを呪った。野戦用の造修施設ならば、必要に応じて改造されるくらいは考えておくべきだった。

同時にアイロスは、これがコンソーシアム艦隊全体を揺るがしかねない大問題であることを覚悟した。

第二管区は巨大組織であるとはいえ、コンソーシアム艦隊とは無関係に、播種船調査のためにこれだけの施設を密かに建設するなど只事ではない。

「中隊長、作戦に変更は？」

予備兵力にしていた作業艇の分隊長が問いかける。施設規模が拡張されているとなれば、予備兵力も投入するよりない。

「第四分隊は増設された梁のエアロックを確保し、前進せよ」

「了解」

作戦が実行された以上、いまさら後には戻れない。だが施設の増設はアイロスに嫌な記憶を呼び起こす。

攻撃対象の情報が少ない中で部隊を突入させ、大敗を喫したあの小惑星要塞の記憶だ。しかし、アイロスもすでにあの時の彼ではない。いまの彼は兵を動かす怖さを知っている。施設は増設されたが、そのため施設管理はかなり杜撰《ずさん》なものらしい。作業艇が分離されていることにも彼らはまるで気がついていない。

「第一分隊、位置に就きました！」

それを皮切りに、すべての分隊から位置についたとの報告が届く。あとは金剛が施設にドッキングすれば終わる。

ドッキング作業は自動で行われたが、作業艇からは問題の播種船の減速装置がよく見えた。アイロスは一瞬、その姿に違和感を覚えた。何千年も宇宙を漂っていた減速装置から灯りが漏れているように見えたためだ。

外壁には発電ユニットも追加されているようだ。ならば作業用の照明だろうが、だとすれば調査はどこまで進んだのか？

第二管区が秘密裏にここまで施設規模を大きくしたのは、基本は組織の暴走だとしても、その背景で減速装置から貴重な情報が得られているためではないか。

情報の独占という誘惑に負けた時、第二管区の船舶運用局の暴走は決定づけられた。アイロスはそんな気がした。

降下猟兵たちが待機している貨物室の扉の前には、第二管区に雇われたらしい作業員数名が、物品を受け取るために待機していた。

　そんな彼らだから、扉が開くとともに完全武装の降下猟兵が飛び出してきたときには、全員が文字通り腰を抜かしていた。

　無重力の通路で降下猟兵たちは、飛び散ったゴミでも回収するように作業員たちを拘束し、壁に固定する。

　スラスターで姿勢制御をしながら、降下猟兵たちは次々と施設内のモジュールを制圧してゆく。

　しかし、施設側もすぐに異変に気がついたのか、通路に緊急警報が鳴り響く。

　だがこれは、施設側の混乱を却《かえ》って拡大することとなった。急激な拡張で施設の全体像を把握している人間が少なく、他の施設なら備わっている「自分が施設のどこにいるのか報せる機構」さえも未整備だった。

　しかも警報は非常事態を告げるだけで、何が起きているかの説明はなかった。火災や空気の漏出なら、そういうアナウンスはあるが、降下猟兵に奇襲されるような事態は想定していないのだ。

　このため施設で働く人間の多くが、降下猟兵たちの待ち構えているエアロックに殺到し、そのまま拘束された。そうした中には降下猟兵たちを「救援に来てくれた兵士」と勘違いして抱きつくものさえあった。

アイロスとしては、色々な部分で想定していたシナリオが現実と食い違った形になったが、制圧するという目的はほぼ達せられたと思われた。

だがそんな甘い見通しも、第四分隊からの支援要請で吹き飛んだ。

「敵兵は減速装置の中に逃げ込み、現在我々と交戦中です！　奴らは警備艦の陸戦隊です！」

「何だと！」

救難活動を行う警備艦にも、時に武装して、犯罪に関わっていそうな宇宙船に乗り込む警察活動も想定されていた。しかし、そんな連中がここで武装して待機しているとは予想もしなかった。

「第一分隊と第二分隊は第四分隊を支援、第三分隊は現状を確保！」

アイロスは部下に命じる。いささか過剰な戦力だが、短期間で制圧するには仕方がない。もっとも遠い第三分隊は、制圧した施設内の確保にあたる。

アイロスが現場に到着したのは、支援要請から一分以内であった。

そして彼は戦闘現場に到着してはじめて、自分が数千年前の宇宙船の中にいることに気づいた。

その内部は驚くほど平凡だった。

塗装の劣化は確かに歳月を感じさせる。しかし、通路の構造やハッチの配置など、人間が使いやすいように作られているからか、自分たちの宇宙船の内部と大差ない。

アイロスはすぐに播種船の減速装置内に照明が灯っていることに気がついた。持ち込んだものではない、この宇宙船自身の照明装置が作動している。

「こいつ、生きてるのか！」

アイロスは、貨物船が接近した時の光景を思い出す。減速装置には発電ユニットも接続されていた。第二管区はそうしてこの減速装置を稼働させようとしているのか？

しかし、そんな感想を持てた時間は短い。籠城している陸戦隊員は、激しく抵抗してきた。警備艦一隻の陸戦隊員は兼務で五人程度だが、銃撃の激しさからすれば、二〇人はいるだろう。

アイロスはまず投降を呼びかけた。人数から言っても装備や練度から言っても、陸戦隊は降下猟兵の敵ではない。

しかし、陸戦隊員たちは投降しようとしない。これはまずい兆候だ。自暴自棄になった武装集団は時に、投降よりも戦闘を選ぶ。

投降して犯罪者となり惨めな人生を送るくらいなら、ここで死ぬまで闘う。そんな考えを彼らは抱いているのだろう。

だが、アイロスにとってはそんな相手こそ、これまで何度となく対峙した敵であった。だから何をすればいいかはわかっている。

「減速装置の電源は外部から引き込んでいる。それを切断し、内部の照明を無効にして、閃光弾を投入、敵を無力化する！」

アイロスの指示に部下たちも的確に動き出す。彼らにとって慣れた戦闘だ。閃光弾も降下猟兵の暗視装置なら画像補正され、影響は最小限に抑えられる。

照明が落ちると同時に、陸戦隊員たちはパニックに陥った。そこに閃光弾が撃ち込まれ、無力化した陸戦隊員たちは次々と武装解除された。

だが奥で頑強に抵抗しているグループは、閃光弾で動けなくなる前に、降下猟兵たちに爆弾を投げつけてきた。

空気はあるが無重力状態である。爆弾はそのままの勢いで壁に衝突し、爆発した。衝撃は小さかった。陸戦隊員がありあわせのもので作った手製爆弾だったためか。しかし、爆弾の成分が壁面に張り付き、そのまま延焼しはじめた。

「消火！」

アイロスが叫んだ時だ。減速装置の内部が、非常灯の赤い光に包まれ、そして人間の声がした。「緊急」とか「火災」という単語はアイロスにも聞き取れた。

それは、減速装置自体から発せられている非常警報らしい。警報装置の言葉こそ、播種船を建造した人類の言葉だ。

外部電源の電力を蓄電し、減速装置の一部が稼働しているのだ。警報音が強くなり、そして船内は強い突風に見舞われる。

降下猟兵たちは咄嗟《とつさ》に宇宙服のバイザーを下ろし、真空暴露に備える。

減速装置のＡＩは、電力が失われ、船体に銃撃で穴が開き、あまつさえ火災が起きた状況から、鎮火を優先して、船内の空気を抜くという判断をしたようだ。

鎮火が確認されても、すでにハッチを閉鎖するだけの電力はなかったらしい。減速装置内は相変わらず真空のままだ。

赤い非常灯も消え、降下猟兵や陸戦隊員の宇宙服の照明だけが船内を照らす。

彼らは敵味方なく、その場の変化に立ち尽くしていた。減速装置のＡＩは、船内すべての扉を開放し、内部の空気を抜こうとした。

結果、彼らの前に、存在さえ知られていなかった制御室のような部屋が、その姿を現していた。

4　カプセル

「ケイト、ここはどこだ？」

キャラハン山田《やまだ》は照明を切っている船室で目覚めると、自分用の秘書ＡＩに呼びかける。

「ここは壱岐星系第三管区管理区域、客船キャメルの一等船室。現在、壱岐標準時で午前六時二七分です」

「あぁ、ここは壱岐か、そうだよなケイト、ここは壱岐だ」

キャラハンは両掌で自分の顔を叩く。それと同時に室内の照明が点灯し、一等船室の豪華な調度を浮かび上がらせる。

宇宙船の船室ながら、壱岐星系の政官軍の高官が使う場所であるから、用途の異なる四室が備わっていた。

危機管理委員会傘下の研究機関で重要なポジションに就けたからこそ、一等船室をあてがわれているが、ガイナスが現れなければこんな待遇とは一生無縁だっただろう。

　キャラハンはガイナスの宇宙船を始めとする機器研究を統括する立場だったが、研究が進むに従って上司であるブレンダ霧島《きりしま》の補佐として、生物学的側面の研究チームの面倒も見ていた。

　結果として、ブレンダについでガイナス研究の第一人者的なポジションに就く結果となっていた。

　それだけに多忙である。出雲星系のアシハマにある研究機関が本拠ではあるが、そこに留まれることは稀であり、上司のブレンダもまた多忙であるため、二人が直《じか》に話し合うのも難しくなっていた。

　このため、宇宙港の待ち時間に案件を話し合うこともよくある。

「で、例の案件について考えたんだけど」

と、宇宙港のＶＩＰラウンジでブレンダが話し出す「例の案件」が、二週間前にした議論の続きだった、などということも珍しくない。

　じっさい最近の動きを見ても、アシハマから壱岐星系、壱岐星系から再びアシハマ、アシハマから壱岐経由で敷島星系へと、復元したガイナス艦ごと移動し、そこから壱岐星系を経由してアシハマに戻っていた。

　それがこの一ヶ月ほどの出来事であり、目が覚めたときに時間より先に、自分がどこにいるかの確認が必要だった。居場所さえわかれば、いまどんな案件を抱えているのか、すぐに思い出す。

キャラハンは身だしなみを整えると、資料の入ったタブレットを抱え、リビングに向かった。

一等船室を与えられたものの、キャラハンが使うのは寝室とリビングだけだ。こういう高級船室は慣れていない。

「食事をどうするか、問い合わせが来ています」

「食堂でみんなと食べる。集合時間は七時一五分だ、ケイト」

「スタッフにそう伝えます」

ケイトは秘書ＡＩだが、専用のハードウエアはない。色々な機関や宇宙船ＡＩのタスクの一部を借りて起動するソフトウエア群だ。ネットワークを介して星系を越えて移動できた。

このためケイトはキャラハンの相棒として、機密情報も管理していた。その能力の大半は、セキュリティに関するものだった。

むろんネットワークなどが期待できない環境では、携帯端末の中に常駐し、一部の機能だけが利用できた。

一等船室にはリビングに映像機器が整備されているため、キャラハンはケイトに指示して今回の案件についてデータを表示させる。

彼らが向かっているのは、烏丸少将が重巡洋艦クラマにより撃破した、補給担当と思われる宇宙船だった。全長は三〇〇メートルほどで、どうやらガイナスの巡洋艦と同じ構造の船体と思われた。

他のガイナスの巡洋艦と違うのは、宇宙船から放射状にアームが伸びていることと、そのうちの一つが、天涯から切り出したらしい氷宇宙船と結合していたことだった。

ただ現在は、船体の後ろ四分の一が切断されていた。そこが動力部らしく、宇宙船本体は機能を停止している。またアームが切断されたことで一度は分離した氷宇宙船は、互いのごく弱い重力のために、再び接近し、いまは二隻が一体となっている形で安定していた。

この宇宙船こそ、キャラハン山田が今回直接調査に赴く場所だった。彼も色々と案件を抱えており、本当ならここは信頼できる部下に任せたいところである。

しかし、危機管理委員会とは別に烏丸三樹夫その人から、「貴殿が直接調査してくれ」と依頼があったとなれば、赴かないという選択肢はない。

とはいえ、どうしてキャラハンが直接調査する必要があるのか、それについて烏丸からは一言の説明もない。下手な先入観を抱かずに調査しろということだ。いかにも烏丸らしいとキャラハンは思う。

ただ烏丸も、調査に関してキャラハンに丸投げしたわけではないらしい。問題の宇宙船の近くには、直接の作業を担当するスタッフのための宿舎として貨客船が二隻と、駆逐艦スメルジャコフ、パーヴェル、リザヴェータの三隻が警戒にあたっていた。

貨客船は出雲船籍だが、三隻の駆逐艦は壱岐星系防衛軍の所属であり、この調査にはタオ迫水も強い関心を持っていると暗に示していた。

ケイトが、すでに進出している艦船のデータリンクに客船キャメルを接続する。

事前に話は聞いていたが、データリンクが接続された瞬間から、この六隻の宇宙船と乗員たちによる調査プロジェクトは、すべてキャラハン山田の指揮下に入った。駆逐艦による防衛活動以外は、彼の命令で動くことになる。

とはいえ、彼はこうしたことには慣れていない。小会議室に収まる規模の優秀なスタッフを率いるのが彼には一番心地よい。下手をすると一〇〇〇人規模になろうかという現場を仕切るのは、どうにも落ち着かなかった。

「重巡洋艦クラマにより切断されたガイナス巡洋艦の機関部は、現時点で本体より一〇キロほど離れた領域で、概《おおむ》ねこれまでの位置関係を維持しています」

駆逐艦スメルジャコフの艦長であるカーチャ・イワーノヴナ中佐が、状況をキャラハンに報告する。ここにいる駆逐艦三隻による観測データを集約したものだ。カーチャがこの三隻の艦長の先任者なので、彼女が説明するのだという。

壱岐星系防衛軍で女性艦長は珍しいというが、そのなかで先任者になれるというのは、相当優秀なのだろう。もっともここまでくるのに彼女も相当苦労したのか、口調には闘争的なものが感じられた。

「内部の調査はまだですね？」

　キャラハンは確認する。

「博士が到着するまでは内部に入らないよう、命令を受けております。

　また施設内においては全面的に博士の指示に従うよう、筆頭執政官より承《うけたまわ》っておりますが、警護の陸戦隊員は博士の意志にかかわらず同行させよとのことです」

　キャラハンには実感が無いのだが、自分で認識しているよりも大物になってしまったらしい。だからタオ迫水が彼に警護をつけるという。

　ただ陸戦隊の内実は、全員武装はしているが救難と救急医療スタッフだという。戦闘で破壊された宇宙船の調査は事故が起こる確率も高い。ガイナスによる再攻撃も考えられる。

　そうした事態に遭遇した時、キャラハンや彼のスタッフの安全を図るには、こうした救難スタッフが適任ということらしい。

「調査の手順だが、まず船内を計測するための座標となるマーカーを設定する。その後に、小型ドローンの投入を行う。

　現時点では船内の構造はおろか、大きささえもわかっていない。まずありえないとは思うが、ガイナス兵の生存者もいるかもしれない。

だからこそドローンを投入し、内部を調査する。人間による調査はその次の段階だ」

キャラハンが言うドローンはテニスボールほどの大きさで、小さなスラスターにより位置や方向を変えることができた。それは破壊された宇宙船に複数設置されたマーカーと連絡し、情報のやり取りと位置の確認を行う。

ドローンにはカメラが搭載されていたが、重要なのはむしろレーザーレンジファインダーの方で、これで億単位の点座標の計測を行う。それを集めれば、塗装の厚さの違いがわかるほどの三次元座標を得ることができる。場合によっては宇宙船の建造法についての情報も得られるのだ。

ガイナス艦の分析でも感じていたことだが、巡洋艦の内部構造は単純だった。装甲も兼ねた紡錘形の船殻で覆われているが、本体は、直径二〇メートル、長さ二三〇メートルほどの七本のシリンダーを束ねたものだった。

シリンダーはどれも同じ構造で、おそらく機関部も含めると全長は三〇〇メートルになろう。どうやらシリンダーの一つ一つに核融合炉があり、機関部はそうした七つの核融合炉を束ねた構造であるようだ。

「おかしいな」

ドローンの映像を見たときからキャラハンは違和感を覚えていたが、データが集まるにつれて、違和感は当惑に変わってゆく。

「何が、おかしいのですか、キャラハン博士？」

データリンク経由で、カーチャ艦長が尋ねた。どうも他の駆逐艦の乗員たちは、巡洋艦の調査という任務を退屈な苦役のごとく捉えているらしい。そこには、カーチャのような女性将校の下で命令に服することへの不満もあるようだ。

しかし、カーチャ自身は慣れているのか気にする様子はない。それよりも彼女個人として、この任務には興味があるようだった。

「気になりますか？」

「そりゃ、気になりますよ。未知の知性体の宇宙船の内部なんて、そうそう調査できないじゃありませんか」

その言葉が社交辞令ではないことは、キャラハンにもすぐにわかった。

「おかしいのはですね、宇宙船としての基本構造はガイナス艦と大差ないのに、この巡洋艦、通路が狭い。直径で二メートルにも満たない。

じっさい機能を停止したガイナスロボットは幾つか見つかってますし、それらが移動するなら問題はない。

しかし、この通路では、ガイナス兵はほとんど移動できません。そもそも、いままでただの一体もガイナス兵の死体が見つかっていない」

「そういえば……完全に無人ということでしょうか？」

この状況ではカーチャの解釈がもっとも妥当だ。しかし、烏丸司令官のレポートを読む限り、完全無人の宇宙船とは思えない。

　乗り込んでいたガイナス兵が、何らかの方法で脱出するというシナリオも考えられなくはない。だがそうだとしたら、脱出方法はさておくとしても、このガイナス兵が活動しにくい通路は理解し難い。ガイナス艦だって通路はもっと広かった。

　その間もドローンの集団は宇宙船の内部をくまなく調査してゆく。その中で、キャラハンとともにドローンのデータをチェックしていたスタッフの、マッケイ・ブレスラーがある事実に気がついた。

　マッケイはキャラハンの右腕ともいえるスタッフだ。烏丸からの依頼がなければ、この調査を任せようと考えていた人物だった。

「チーフ、船内のどこからか、有機物の混ざった水が漏れているようです」

　レーザーレンジファインダーが、真空であるはずの船内に、局所的に水蒸気の密度が高い領域があることを示していた。それに関連して宇宙船の構造も段々とはっきりしてきた。

　シリンダーの内部にはおびただしい数のカプセルが収まっていた。直径は一メートルほどで、あたかも通路以外の空間をすべて埋め尽くすように密集している。

　さすがに戦闘用宇宙船なので、レーザー砲らしきものや、ＡＭｉｎｅ関係の機械類も装備されている。しかし、それらにしても、シリンダーとシリンダーの間の空間に押し込められているかのようだった。

カプセルは支持架も兼ねたパイプで結合されており、キャラハンの印象では何かのプラントに思えた。

あるいは外観こそ巡洋艦だが、ガイナスの中ではこの宇宙船の役割は特殊なのだろう。氷宇宙船と結合しているのもそのためで、有機物なり重水なりを分離抽出しているのか。

ドローンのデータからＡＩが推定した結果では、七本のシリンダーの中に、この球形のカプセルが一五万から一六万個あるという。

水蒸気の漏出は、このカプセルの一部に損傷が起きていることを示している。

「この宇宙船は、重水のプラントかもしれんな」

キャラハンのつぶやきに、周囲のスタッフたちは彼の方を見る。

「単純な話だ。このカプセル内で氷は電気分解され、重水の密度を上げてゆく。カプセルからカプセルへと生成物が移動するごとに重水濃度が高められ、最終的に純粋な重水が完成するわけだ。そうして宇宙船へ燃料を提供するのが、この船の目的だろう」

「ですが、チーフ、重水プラントを作るとしたら、もっと合理的な構造も可能では？」

マッケイはキャラハンの意見に必ずしも納得していないようだった。

「まぁ、ほんとうに重水プラントかどうかは今後の調査でわかるだろう。

ただ、ガイナスの合理性と我々の合理性はイコールではない。ガイナス拠点の生産設備の規模によっては、人類の重水プラントのような巨大なものではなく、簡単に製造できる小型プラントで数を揃えるという方法も、それなりに合理性を持つんじゃないか。

例えばこの宇宙船は、同じ構造の七本のシリンダーを束ねて一つの大型宇宙船を構成している。そういう発想の連中なら、目の前のこれが重水プラントでも矛盾しないさ。

ガイナスの巡洋艦が、この宇宙船と接触して重水プラントのコントロールを行うなら、完全無人でも問題はなかろう」

そう言いながらキャラハンは、巡洋艦にこのプラントを制御する能力があるのだろうかという疑念も持っていた。烏丸少将によると、巡洋艦を操る知性体は、自由意志はあっても自意識はない可能性がある。いうなれば、人工的に作り上げられた動物の知能のようなものだという。

ガイナス拠点の五賢帝は、どうやら自分たち以外の集合知性がこれ以上増えることは望んでいないらしい。そうであるなら、巡洋艦の知性体は自由意志はあるが自意識のない動物的なものとなる。

そんな存在にプラントの管理が可能なのか。あるいは、プラントの管理さえできる知能にも自意識は必要ないのか？　それは、以前からキャラハンが考えていた集合知性の自意識問題に通じるものだが、いまだに結論は出ていない。

重巡洋艦クラマに切断された巡洋艦の機関部も駆逐艦リザヴェータが調査に赴き、ドローンを投入して調査にあたった。当然ながら機関部にもガイナス兵の姿はなく、あるのは核融合推進機関と大きな空洞だった。

どうやらそこは燃料タンクであり、核融合炉からの放射線が居住区に影響を及ぼさないための遮蔽の意味もあったらしい。船体が切断された段階で、内部の燃料は散逸したのだろう。

状況から判断して七本のシリンダーを束ねた時の隙間は、この燃料タンクとつながっており、居住区であるシリンダーは燃料タンクの中に置かれ、外部からの放射線遮蔽の一助になっていた。

このあたりは、ガイナス艦とは設計思想が違っているようにキャラハンには思えた。ガイナス艦は鋼鉄製の船殻が放射線遮蔽となっていたが、容積に余裕がある巡洋艦は、大きな燃料タンクの中に居住区を収容する構造で空間の無駄をなくし、放射線防御も行うという設計だ。

正直、七本のシリンダーを束ね、それを船殻で覆う意味はわからなかったが、船殻が燃料タンクも兼ねていたとするなら理解できる。詳細な調査も必要だが、核融合炉の放熱のため、燃料を熱媒体としていた可能性もある。

そうだとすると、単純な構造ながら、ガイナスの巡洋艦はかなり考え抜かれた設計で建造されたことになる。

キャラハンは機関部の回収については別途、チームを編成するとして、駆逐艦リザヴェータにはそれまでの監視を要請した。彼の要請はそのまま命令として機能して、壱岐星系防衛軍第三管区より必要な実務処理がなされた。

キャラハンにしてみれば、自分の「お願い」で軍艦が「命令」により動いたことに慄《おのの》いていた。そんな大きな権限には慣れていないのだ。本音を言えば、権力を振り回したいとも思わない。

星系防衛軍によると、キャラハンには危機管理委員会より部長もしくは中佐相当の権限が認められているという。それは、妹のメリンダ山田が主計中佐で経理部長というのと同等か。

あいつは毎日、こんな権限を行使して仕事しているのか。そう思うとキャラハンは、自分の妹を少し尊敬した。

調査開始から数日後。キャラハンは、カーチャ艦長らの軍人グループも含めたスタッフとともに、報告書を上げる前の検討会を開いた。

開催場所は客船キャメルであり、軍人グループもデータリンク経由ではなく、搭載艇で客船まで移動してきた。

キャラハンはこうした面倒な案件の会議では、直に話し合うほうが効果が高いと思っていたからだ。この点で彼は、上司のブレンダ霧島より保守的だった。

駆逐艦リザヴェータのドローンの情報により、調査中のガイナス巡洋艦の概要が、三次元的な構造データとして再現された。

「この宇宙船は何を目的としているのか？」

議論の中心はそれだった。当初は氷宇宙船と結合していたことから、補給任務の宇宙船と思われた。氷を材料に重水素を生産するプラントを収容しているというのが、当初の分析だった。

しかし、全体構造を再現した範囲では、どうやら重水素の生産などは行っていないらしい。氷を砕いて何らかの処理をし、カプセルに渡しているのは確かだが、そこからがわからない。

そもそも構造を見る限り、この宇宙船が外部に何かを提供する機構は見当たらない。

キャラハンとしては、自分たちとは異なる軍人の視点で何かわかるかと期待したわけだ。それはある程度は満たされた。

「外部への物質的な補給機構がないとすれば、考えられるのは情報支援ではないか」

それはカーチャ艦長の意見であった。彼女はもともと船務科の人間で、通信の専門家であった。

「情報支援として考えられるのは、広範囲なデータ収集や拠点との中継業務だろう。ガイナスが第二拠点を建設しようとしているなら、実働部隊の通信を中継局一つが統括し、位置が露呈するのを避けようとするのではないか。

ガイナスの思考法はわからないが、中継局を必要とするなら、複数の実働部隊が活動していてもおかしくない。いま現在はなくても将来的に建設する意図があれば、インフラに相当する情報支援艦を先に用意するのは不思議ではない」

それは確かにキャラハンらが考えていない視点であった。

「何か具体的な根拠はありますか？」

「まぁ、あくまでも小職の経験上のものですが、この宇宙船の構造図ですと、通信装置と思われるモジュールが意外に多くの容積を占めている。

我々の宇宙船でも、ここまでは通信機器を装備していません。性能差はわかりませんが、それでも充実しているとは言えるでしょう」

「通信能力の強化ですか、なるほど」

結局のところこの日の会議では、それ以上の進展はなかった。とはいえキャラハンはさほど問題とは認識していない。軍人、科学者の垣根を超えた情報共有の重要性への、全員の意思統一ができた点こそ評価すべきだろう。

機関部はC3型輸送船により出雲星系に輸送され、アシハマ軌道上の施設で調査されることとなった。ガイナス艦などがそこで調査されているためだ。

巡洋艦本体も適当な大型輸送船の手配ができ次第、同様に回収されることとなっていたが、こちらは少し時間がかかるという。本体は全長で二三〇メートル弱あり、これをカーゴベイに収められるのは輸送艦ティネしかない。

しかしティネは機動要塞建設のためにフル稼働状態で、巡洋艦を運ぶにはティネの運行計画を調整する必要があった。研究も急務だが、機動要塞の建設を遅らせるわけにはいかないからだ。

どうもこの調整作業の機動要塞側の担当者は経理部長のメリンダになるようで、兄妹で輸送艦の優先順位を協議するというのは、キャラハンもいささか気が重い。

結論として、ブレンダの判断で当面は現場での調査を強化することが決まった。もしもガイナス巡洋艦の船体を半分に切断しても支障がないなら、輸送計画は一気に楽になる。それを見極めることが優先された。

このためキャラハンらは、巡洋艦の有人調査に踏み切った。調査活動である以上は完璧な安全というのは保証できないが、現時点で危険な兆候はなかった。

巡洋艦の残骸は完全に冷え切っており、何かが稼働するとか、爆発する可能性は低いと判断された。むろんガイナス兵など潜んでいない。

最初に行われたのは、例の十数万個はあると見られる直径一メートルのカプセルの調査だった。

危険防止のため、一個だけ切断し、巡洋艦の内部で解体することが決まった。切断するのは、重巡洋艦クラマに攻撃され、船内が宇宙空間に露出しているエリアのカプセルだ。

カプセル自体は無傷だが、そこにつながるパイプは切断され、内部は真空状態だ。もともと気体があったのか液体があったのかは不明だが、解体すればこの正体がわかるだろう。

「カプセルの素材はシリコン主体の複合材だ」

キャラハンは分離されたカプセルを示す。本来なら彼が現場に出て正体不明のカプセルに触れるべきではないのだろうが、科学者としてこのチャンスを逃すつもりはなかった。

その素材は、過去に天涯の小惑星要塞のプラントでも使われたものだった。シリコンが入手しやすいのと腐食に強いために多用されているらしい。

切断は、小型の丸鋸《まるのこ》で行われた。パイプなどの断面から、球殻の厚みはそれほどないと判断されたためだ。

もっとも一メートルの球体を二つに割るようなことはしない。カメラを投入し、内部を観察できればいい。

丸鋸が二センチほどの穴をあけた。キャラハンはモニター画面を見ながら、棒状の内視鏡を入れる。医学用とは異なり、棒の長さに沿ってカメラ素子がある。内部で棒が高速回転することで、内部をスキャンし、立体映像のデータを集めるのである。

内視鏡が回転し始めると、先ほどの穴から明るい光が漏れる。色調が変化するのは、色の吸収具合から内部の素材を推定するためだ。

コンピュータが画像データから、三次元的な位置関係と、推測される素材を再現する。

その結果は数分で出た。本物のカプセルの横に、内部の立体映像が浮かぶ。

「なんだ……これは！」

キャラハンも彼のスタッフたちも、その姿に声もなかった。

＊

ブレンダ霧島がキャラハン山田の密かな訪問を受けたのは、壱岐星系であった。彼女が壱岐にいたのは、危機管理委員会での会議や、敷島星系での情報収集、烏丸少将との打ち合わせなどのためだ。

同じ壱岐星系でも現場は散っているため、彼女はＡＦＤ搭載の大型客船天応《てんおう》に移動事務所を置いていた。天応は出雲星系が助成金を出して建造した優秀商船であった。異星人の侵略などがあったときに徴用し、支援艦艇とするためだ。

同様の客船として壱岐星系のアンダニア型があるが、こちらは武装して準駆逐艦的な運用を想定しているのに対して、天応は武装はせずに大型輸送艦として運用されていた。

だからブレンダが研究機材やスタッフとともに星系間を移動するには、十分な能力を持っていた。

ブレンダはこの天応で移動中に、キャラハンが拠点としている客船キャメルと、惑星壱岐の近傍で邂逅した。二隻とも商船用航路に乗っているため、航行はほぼ自動化されていた。

このため、訪問を受けたといっても仮想空間でのことだった。ただ近距離なので、盗聴の困難なレーザー回線を二隻の間で結ぶことができた。

「ガイナスの巡洋艦で情報処理装置を発見したと報告は受けたけど、その詳細を説明するのに、こんな面倒な手間が必要なの？」

ブレンダは、キャラハンの要請に不安なものを感じていた。上司である自分に報告するのは当然としても、客船で邂逅するなど尋常ではない。

それにガイナスについて未知の部分はあるとしても、ここまでの秘密主義が要求されるとも思えない。

だがあのキャラハンがそこまでするからには、ちゃんと意味がある。だからこそ不安なのだ。

「巡洋艦にはロボットはいても、ガイナス兵はいなかった。つまり無人艦であった。そこに情報処理装置が見つかったわけね」

ブレンダは、この情報処理装置という持って回った表現も気に入らない。もっと単刀直入に言えないのか？

「広い意味で、情報処理装置に間違いはありません」

「広い意味？」

ブレンダの目の前に球形状の何かが浮かび上がった。しかし、彼女にはそれがなにかわからない。洗濯機で洗い終えたシーツの塊。第一印象はそれだ。

ただ、情報のやり取りをするためのケーブルの束のようなものが幾つも見える。情報処理装置なのはその点では間違いなさそうだが、しかし、こんなものは見たことがない。

「内部が真空に晒《さら》されたから、こんな形状なの？」

「真空の影響はあります。その点を加味して、元の形状を再現したのはこれです。
内部が真空に晒されていないカプセルの調査は、中身をどう取り出すか検討中です」

立体映像でカプセル内にあった皺くちゃの塊が変形する。それは引き伸ばされ、三メートル四方の毛布のような形状になった。全体に腸の内壁のように皺が多いのは、表面積を稼ぐためだろう。

カプセルの外のケーブルと毛布の表面をつなぐ、細い繊維状の組織が走っている。

カプセル内では、その内壁に繊維状の組織が貼り付き、それが液体の中に浮かぶ皺になった塊状の布団を、周囲から支えるような構造らしい。

そして毛布の表面には赤ん坊の顔ほどの目鼻があり、ほぼ退化した手の指ほどの大きさの四肢がある。さすがのブレンダも吐き気を覚えた。

「先に言いますと、遺伝子レベルではガイナス兵と同一の生物です」

「ガイナス兵と同一ですって!?　このカーペットみたいな生物が？」

ブレンダにとってガイナス兵とは、自分の夫を材料とした生物ロボットのような存在だった。カウンセリングの効果と、彼女自身が強い精神力を持っていたがために、その事実を客観視できるまでになった。

それでも、研究施設で目にするガイナス兵の死体には未だに複雑な思いがする。夫の細胞はいまもどこかで数十万のガイナス兵として生きている。だがフリッツ霧島その人は、何年も前に死んでいるのだ。

ガイナスにその意図がないとしても、ブレンダにはガイナス兵そのものが死者を侮辱しているようにしか思えなかった。

だが、目の前のカーペット状のガイナスには、ブレンダも生理的な嫌悪感は感じたものの、それ以上の感情はわかなかった。人間もここまで改造されてしまったら、現実とは思えないのである。

「で、ガイナスがこのカーペットを作った理由は推測がついたの？」

さすがにブレンダもこの改造された生物をガイナス兵とは呼べなかった。尊厳の欠片《かけら》もないではないか。

「チーフに相談するのは、あの巡洋艦の中身の推測がついたためです。危機管理委員会に報告する前に、我々の方で議論する必要があると判断しました。

前置きが長くなりましたが、この球体の中身は、ガイナス兵の情報処理能力だけを最大限に発達させたものです」

グロテスクな中身の映像は消え、構造を模式化した図が現れる。

「この肉体は、脳はもとより体表面の皮膚感覚、腸管神経系などを発達させている一方で、代謝機能を司《つかさど》る内臓は限界まで縮小されています。

腸管でさえ、神経系の複雑さに比して、臓器としては非常に単純です。いわば消化器官としてではなく、神経組織だけが必要と言わんばかりです。

この状態でカプセル内は生理食塩水で満たされ、改造されたガイナスの神経系は、体表に見える無数の繊維層によって、情報がカプセルの外に送り出される。

そして酸素や栄養素は外から提供され、排泄物は逆に外に排除される。こうした循環機構がカプセルの外に用意されているために、臓器類は萎縮し、機能も最低限度を維持しています。ホルモンなどの内分泌系だけは一定水準ですが」

「これがあなたの言っていた情報処理装置なのね」

ブレンダはガイナスへの憤《いきどお》りが薄れてゆくのを感じた。薄れるというより、徒労感に近い。ガイナスと自分たちでは生命倫理のようなものが根本的に違うのだ。そんな相手に怒りをぶつけるだけ無駄だろう。

とはいえ、この改造されたガイナスは想像を絶する。つまりこの球体は、ガイナス兵の情報処理機能以外を萎縮させ、小型化・効率化した、個体というより装置だ。倫理を無視すれば合理的な機構でもある。

「五賢帝たちは、自分たち以外の集合知性の誕生は望んでいないようです。じっさいこの球体は、巡洋艦に十数万個しか搭載されていません。集合知性を維持するには不足です。しかし、自由意志を有し、ある程度の戦術的柔軟性には対応できます。何よりもコンパクトなので、巡洋艦に収まります」

「烏丸先生が言っていた、集合知性とは異なる人工的動物知性とは、これなのね」

ブレンダは、キャラハンとは別に烏丸司令官と密に連絡をとっているらしい。

「この肉体の名前はガイナスニューロンにしましょう。研究をすすめるのにも名前がいりますからね」

「確かに……」

キャラハンとしてはガイナスニューロンという命名に納得できたわけではないが、代替案も浮かばないので黙っていた。

そしてブレンダは、予想外の方向の質問をしてきた。

「それでガイナスニューロンはいつ誕生したかわかる？　ガイナス兵より前なのか、後なのか？」

「それは確認する術がありません。ただ状況証拠から類推はできます。まずガイナス艦の残骸には、ガイナス兵は認められてもガイナスニューロンは確認されておりません。

逆に巡洋艦ではガイナス兵は確認できず、ガイナスニューロンだけが認められています。このことから考えるなら、ガイナス兵の後にガイナスニューロンの流れだと思いますが」

「そうよねぇ……」

ブレンダは何か考え込む。

「何か、それが重要でしょうか？」

キャラハンには、上司が何を問題としているのかわからなかった。

「重要かもしれない。

つまりね、ガイナスはガイナス兵とガイナスニューロンを同時に量産したのか、それともガイナス兵の改良としてガイナスニューロンを開発したのかって話。

ガイナスニューロンの存在が、我々と五賢帝との交渉に影響するかもしれないから、あなたはまず私の意見を聞いたわけよね？」

「はい、そうです」

「その判断は正しいと思う。

仮にガイナス兵の後にガイナスニューロンを量産したとすれば、五賢帝は地上戦なり白兵戦を行うつもりがない。巡洋艦の状況からすれば、内部の装置類の操作や管理はロボットが行っていた。そのロボットを管理していたのがガイナスニューロンの集団。

でも、あのロボットで降下猟兵と戦うのは無理でしょう。ならば五賢帝はすでに地上戦を行う意思はない。ただし戦闘艦の知能を向上させることで、艦隊戦に主軸を移したと解釈できる。

これが正しいなら、当然、ガイナスとの交渉に影響する」

そこでブレンダは少し考え込んだ。

「だけど、もしもガイナスが最初から、ガイナス兵とガイナスニューロンの両方を量産していたとするとどうなるか？」

ブレンダは空中に図を描き始めたが、それは宇宙船の拡張現実機能によりキャラハンの視野に現れる。

ガイナス兵からガイナスニューロンへ向かうルートと、両者を並行生産している場合の模式図だった。

「いままでの仮説だと、ガイナスはもともとは我々のような生物であったが、何かの理由で壱岐星系までやってきて、そこでガイナス兵を量産し、その生体を基盤としたネットワークを構築、その上に自分たちの意識を再現した。

準惑星天涯を占領するにはガイナス兵が必要だとしても、最終目的が集合知性であるならば、ガイナスニューロンも並行して量産していないとおかしいじゃない。

天涯からの資源が手に入るまで、ガイナスは資源不足を痛感していた。特に水と有機物で顕著だった。ならばガイナス兵より、ガイナスニューロンの量産のほうが有利でしょ。我々は五賢帝はガイナス兵の集合と思い込んでいたけど、ガイナスニューロンの可能性も出てきたわけよ」

キャラハンがこの時に感じたのは、ブレンダの実力だった。上司とはいえ、彼女は自分よりも常に一歩先を考えている。

「ガイナスは人間を改造してガイナス兵を作りましたが、人間の身体改造技術は完成したものではなかった。ガイナス兵で経験を積み、そこからガイナスニューロンへと移行したのではないでしょうか」

「まぁ、それが自然な解釈かな。ただそうなると、五賢帝はガイナス兵の集合体である可能性が高いけど、ガイナスニューロンを開発する動機がわからなくなるわね。すでに自分たちの意識は存在するんだから」

「状況から判断すれば、戦闘艦の自律化というか、判断能力の向上が目的に見えます」

それはキャラハンの結論ではあったが、ブレンダの仮説にも大いに気持ちを揺さぶられたのも事実だ。

ガイナスニューロンとは、集合知性を実現するために最初から存在し、五賢帝もそこから生まれたのか、それとも五賢帝が誕生してから、彼らが必要と判断して作り上げたのか。両者の違いは決して小さくない。

「ありがとう。とりあえず私からタオ議長には概要を報告しておく。危機管理委員会としてはガイナスニューロンのことより、ガイナス艦艇の自立化・判断力の高度化のほうが重要でしょう」

「よろしくお願いします」

二人の邂逅はこれで終わった。しかしキャラハンは、ブレンダの指摘したガイナス兵とガイナスニューロンがどういう順番で開発されたのか、その単純に見える問題に重要な何かが隠れている気がして仕方がなかった。

*

ガイナスとの戦闘が起こるまで、壱岐星系と準同盟状態にあったのは、出雲星系ではなく周防《すおう》星系であった。強力な出雲星系に対して、新興工業社会である壱岐と周防の二つの星系が協力してあたろうというものである。

このため壱岐星系には周防の通商代表部の施設があった。その延床面積は出雲のそれよりも大きく、壱岐と周防の結びつきの深さを周囲に印象づけた。

もっとも壱岐社会の中で、すべての人間が周防との深い関係を歓迎していたわけではなかった。つまり経済発展がある段階を超えたなら、周防と壱岐の間にも経済力の違いが生じる。その時も現在の関係を維持するのが損か得かという話だ。

じっさい経済力では壱岐のほうが周防よりも発展していた。理由は色々あるが、もっとも大きいのは出雲からの資本投下に関して、壱岐のほうが周防よりも法整備が進んでいたためだ。

結果として出雲から見れば、周防よりも壱岐のほうが魅力的な投資先であり、互いの経済成長にも有利ということだ。これは、周防のほうが壱岐よりも内需優先であることも大きかった。

さらに経済規模や生産力という観点では周防の総人口が一〇億に対して、壱岐はその倍の二〇億が生活している。両者合わせた三〇億は、出雲の五〇億には依然として及ばないものの、壱岐と周防で人口に倍の違いがあることは無視できない。

この傾向はガイナスとの戦闘が始まった一、二年の間により顕著となった。艦隊の兵站基地として壱岐の重要性が高まり、鉱工業指数も向上し、失業率は低下した。

さらに出雲星系の投資や資本提携も増えたことで、壱岐の経済は急成長を遂げた。それはタオ迫水筆頭執政官が、ガイナス問題が解決した後の、経済への急ブレーキを心配するほどだった。

こうしたこともあって壱岐では、周防よりも出雲との関係を強化すべきという勢力が主流になりつつあった。

こうした傾向は、タオ迫水が筆頭執政官になってから徐々に強まっていた。これはタオが反周防ということではなく、最大利得を確保するために、最初から特定の陣営と結びつかないという方針を明確にしていたためだ。

そこは彼の執政官としての外交手腕の優れたところで、気がつけば、周防と出雲が壱岐を取り合う形になっており、結果として両方と有利な貿易協定を結ぶことに成功していた。

そしてガイナスとの戦闘となり、否応なく出雲の軍事力に依存する形となった壱岐は、今まで以上に関係を深めていた。それで周防との関係も悪化しなかったのは、異星人の侵略という状況では、周防もまた人類の一員として振る舞わざるを得なかったためだ。

とはいえ、人類コンソーシアムが出雲・壱岐枢軸で動いてゆくことに、周防星系が強い懸念を抱いていたのも事実であった。

その時、周防星系の特別全権委員であるフィリップス・シーラッハは、重要な客人の到来を通商代表部の施設内にある貴賓室で待っていた。

少し前まで彼は敷島星系にいた。航路啓開船ノイエ・プラネットの回収には成功したものの、機動要塞のデータベースからガイナス関連の重要情報を入手することには失敗した。それどころか機動要塞のバーキン大江司令官は、基本的な情報をオープンソース化していた。むろんアクセス制限はあるものの、機密情報の入手と独占管理を意図していたシーラッハの計画は頓挫した。

それを悟ると、シーラッハの行動は早かった。周防政府とやり合いながら、なんとか帰還を認めさせ、いま彼は別のプロジェクトのため壱岐にとどまっていたのだ。

「シーラッハ、お客が来たよ。女、安久《やすひさ》の代表と言ってる」

携帯端末で妖狐《ようこ》の声がした。機動要塞では彼が妖狐を雇っている形だが、この特殊部隊の元指揮官は警護役であり、同時に監視役でもある。

「通してくれ」

シーラッハは返答する。客人が怪しい人物でないのは、通商代表部の保安係が確認しているだろう。そうでなければ妖狐にまで連絡は行かない。

現周防政府とシーラッハの関係は良好ではあったが、互いに全幅の信頼を置いているわけではない。シーラッハは自分の考えで勝手な行動を取ることで知られていた。

それは彼の信念に基づくもので、私利私欲とは無縁であることも知られていたため、軽蔑されることはなかった。ただやはり信頼できるかどうかに関しては条件付きだ。

だから妖狐の役割は、シーラッハを守るためであり、シーラッハから周防を守ることでもあった。後者の場合、彼の命の保証はない。

だから通商代表部内では、妖狐とシーラッハは対等な口をきいていた。一方で凶狐《きょうこ》はまた違う。敷島星系でのプロジェクトに関しては、中心になって動いていたのは凶狐であった。表向きは凶狐もシーラッハに雇われている形だが、現在は別のプロジェクトにかかわっていた。だから、この一週間は姿も見ていない。

「はじめまして」

シーラッハのオフィスに、三〇代くらいのショートヘアの女性が案内される。スーツ姿でいかにもビジネスの話をしますという雰囲気だ。

ただし、シーラッハは彼女に見覚えがない。来るはずの人物ではないのだ。妖狐を呼ぼうと思ったとき、女が自己紹介する。

「私は安久ホールディングスの代表、クーリア迫水様の代理として働いております、朽綱《くちつな》八《や》重《え》と申します」

携帯端末の個人情報は、彼女が自己紹介通りの人間であることを示していた。だからこそ、ここまで通って来られたのだろう。そもそも妖狐が止めもせず、シーラッハと二人だけで過ごすことを認めたというのが、朽綱の身分を証明している。

「なぜ代理人が？　本人が来ると聞いていたが」

八重はシーラッハに勧められてもいないのに、向かいの席に就く。

「私が止めました。理由は説明するまでもないでしょう。出雲星系で犯罪者とされている人物と、私の依頼人であり、筆頭執政官夫人であるクーリア迫水が二人だけで話し合う。

シーラッハさんが私の立場だったとして、依頼人にそんな真似を勧めますか？」

「君はまた随分と無礼な人間なのだね」

「依頼人に対する、そうした敵意を受け止めるのも仕事の一部ですから。ちなみに無礼と言うなら、客人にコーヒーの一つも出さないというのも無礼では？」

「なら、我々はイーブンだな」

シーラッハは平静を装っていたが、目の前の朽綱八重という人物が只者ではなさそうなのはすぐに理解した。もっとも、クーリア迫水が凡人を代理人にはしないだろうが。

とりあえずシーラッハは職員にコーヒーを用意させる。それなりの格のものはすでに用意してある。

「瑞穂からル・アーブルを取り寄せていただけるとは、厚遇を受けたと依頼人には報告しておきます」

八重はコーヒーカップを置く。

「いえ、物の善し悪しがわかる方に代理人として来ていただいたことに、こちらこそ感謝すべきでしょうな」

ル・アーブルというのは瑞穂星系の高級なコーヒーの銘柄であった。一つの村でしか生産されないため、高価であるだけでなく知る人ぞ知るという銘柄だ。

本物のセレブでなければ、この銘柄はわからない。それを八重は一口で言い当ててしまった。

シーラッハとしては、自分が優位に立つための軽いフックのつもりだったが、見事に裏目に出てしまった。こちらの手の内を見透かされた結果となったためだ。

こんな小細工は自分たちには通用しない。八重の目はそう語っていた。

それと同時に、シーラッハの位置でしか見えないモニターの内容に、彼は顔色が変わりそうになる。朽綱八重に関する情報は非公開となっているのだ。

政府関連かそれに準じる立場の人間でなければ、ここまで厳重な情報封鎖はされない。極端な話、交渉相手であるクーリア迫水のほうが、まだ開示される情報が多いだろう。

この場に凶狐がいれば、朽綱八重の正体もわかるだろうが。

「それで代理人として参ったのは、周防全権委員より壱岐に対して提案があるからと伺っておりますが？」

そう切り出す八重に対して、シーラッハは努めて自分を落ち着かせようとする。

自分は何か大きな過ちを犯してしまった。彼にしてはまれなことだが、そんな感覚に襲われているからだ。

「戦後のことについて、壱岐星系の経済界で絶大なる影響力をお持ちの、安久ホールディングスの総師と意見交換などと思いまして、ご足労願った次第です」

それに対して八重は言う。

「戦後とはどういう意味でしょうか？　ガイナスとの戦闘は局地戦であり、人類コンソーシアムは戦争などしておりませんが。少なくともそれが危機管理委員会の認識です」

「ならば、実質的な戦争状態とでもいたしましょうか。ともかく、ガイナスの拠点も明らかになり、遅かれ早かれ紛争は終わる。

　しかし、ことは異星人相手です。ソフトランディングは期待できないでしょう。ガイナスがこちらの経済状況に歩調を合わせるとは思えません。

　そうなれば、軍需で急拡大した人類コンソーシアムの経済は、深刻な収縮へと転じる。これは経済規模の大きな出雲でこそ顕著となる。

　そうであるなら、壱岐と周防は戦後の大不況に備える必要があるのではないでしょうか？」

　シーラッハの計算では、こうした話をすれば相手はもっと関心を持つか、あるいは敵意を示すものだ。だが八重は表情を変えず、コーヒーの香りなどを嗜《たしな》んでいる。

「具体的には？」

　八重の反応はそれだけだ。

「まず安久が軍需生産から順次抜けてゆく。そうして出雲の軍需生産を増やし、その分の民生品の生産を壱岐と周防が請け負う。出雲の経済はますます軍需過多になる。

　そこで経済の縮小が起こるなら、大規模な不況は出雲星系に限局される。優勢な民生品生産力を背景に、我々が出雲経済を立て直す」

「経済破綻から出雲に革命を起こさせ、自分たちがそれを支配する。そういう話ですか？」

「悪意を持って話を歪曲すれば、そうした表現となるかもしれません。ただ一つ言えるのは、ガイナスとの戦闘が終わった時、人類コンソーシアムはそれ以前の社会からは変質を余儀なくされるということです」

「それには同意いたします」

八重が初めて笑顔を見せたが、シーラッハにはその笑顔をどう解釈すればいいのかわからない。

「現実に、この壱岐では生産性向上を目的に種々の改革が行われ、社会情勢は流動化しています。中間層の増大と高等教育の普及が生産性向上の基盤ですが、社会の実権が彼らに移行するまで、一波乱は避けられないでしょう」

シーラッハのその時の気分を表現すれば「罠にはまった」だろう。朽綱八重が、つまりはその後ろにいるクーリア迫水が彼の話に平然としているのも、すでに同じような結論にいたり、相応の対策で動いているからだろう。

そうだとして、これは吉兆なのか、それとも破滅の印か？

「ガイナスの他にも敷島問題が控えています。あるいはそれにより、軍需生産の縮小問題はソフトランディングできるかもしれません。だとすれば社会を変えるには、軋轢《あつれき》のないほうが好ましいのではないでしょうか？」

「最終的な目的が一緒なら、それはありえるでしょう」

と言ってはみたものの、シーラッハにはクーリアたちの考えはわからない。タオ迫水とは独立して動いているとの分析は出ているが、敵対するという選択肢はないだろう。

自分たちとの同調の可能性もあるだろうが、そこはわからない。ともかく戦略の練り直しが必要だ。

「我々も、周防の階層性を持たない組織運営というものには興味を持っているところです」

八重ははっきりと攻勢に出てきた。まさかここで、そんな話が出てくるとは。

「じつは我々も工場運営の中で、階層性をなくした運営を行い、著しい生産性向上を認めています。多分こうした組織が生産基盤の主流となれば、経済変動は吸収できるでしょう。あえて乱を起こさずとも」

「そうでしょうなぁ」

シーラッハにはそう返すのが精一杯だ。いまの自分に武器はない。

「とりあえず、この件は研究の価値があると依頼主には伝えておきます」

八重は立ち上がり、議論は終わったことを告げる。

「我々のことを随分とお調べになったようですな」

シーラッハは自分が不利な状況であることを認めざるを得なかった。情報量が違いすぎる。

「そちらには優秀な人材が多いようですから、調べる価値はあります」

「優秀な人材と言いますと？」

「凶狐さんは、いまどちらにいるかご存知ですか？」

「彼女は独自プロジェクトで動いているはずですが」

「えぇ、我々のもとで働いています。彼女のような人材に加わってもらえるとは、ありがたいことです」

八重は本当に楽しそうな笑顔をシーラッハに見せた。

5　氷原の遭遇

　ウンベルト風間大尉が潜水艦の接近を知ったのは、基地でアスカ黒崎博士と話している時だった。最初にそれを通知したのは、データリンクの情報処理を行っているＡＩだ。

　氷原の音響データを分析し、氷の状態を割り出すのが役割だったため、ＡＩからの通知は「海中に異変あり」程度のものだった。この点では現場のバルボ・ビアンキ分隊長たちのほうが、より状況を正確に把握していたと言える。

「潜水艦が浮上してきました！」

　バルボからの報告を聞いた時、風間は意味がわからなかった。どうしてこんな場所に潜水艦が浮上してくるのか？　だが彼は、すぐにここが海洋天体であることに思い至る。

　ゴートが海洋に住んでいるならば、潜水艦などの乗り物が不可欠だ。じじつバルボから送られてくる映像は、潜水艦に他ならない。

もっとも人類コンソーシアム社会の中で、潜水艦はそれほど建造されてはいない。地球の歴史では、一つの惑星内での戦闘があり、そこで潜水艦が使われたという記録はある。

しかし、一つの星系に政府が一つという人類コンソーシアムに、そもそも武器としての潜水艦が登場する余地はない。存在するのは、造波抵抗が少ないという潜水艦の利点を生かした高速輸送船くらいなものだ。

戦術ＡＩはバルボからの映像より、問題の潜水艦の大きさを割り出す。水面下も含め全長二五〇メートル、全幅三五メートルはあるようだ。排水量は推定で一〇万トン前後という。

潜水艦としては大型ではあるが、乗員がゴートならば、それほど余裕はないのかもしれない。風間はそう思った。

そしてバルボからの映像に、風間はすぐに自分も現場に赴く決心をした。

風間は黒崎に、バルボからの映像を共有できるようにする。そこには生きているゴートが一人、潜水艦の司令塔らしきところから現れた光景が映っていた。

「意思の疎通が必要となれば、それは小職の任務です。私が行かねばなりません」

「なら、私も」

同行しようとする黒崎を風間は止める。

「危険です。それに相手の正体がわからない以上、私はあなたの安全を保証しかねます」

「構わない。ここに調査に赴いたからには、危険は承知の上だ。それにゴートとのコンタクトを試みるなら、専門家がいるべきだろう」

　黒崎の決心が固いことがわかった風間は、彼の同行を許可した。正直、風間にとっても心強い。

　すでにバルボたちの判断で、潜水艦の周囲に兵員輸送車が配置されていることもあり、風間は徒歩で移動する。この局面では可能な限り相手を刺激したくない。

　それに衛星美和は低重力の天体なので、一キロ、二キロという短距離の移動は容易である。戦術ＡＩが予想した潜水艦は紡錘形の船体に司令塔が載ったものだったが、船体の甲板部分も辛うじて露出しているものの、地上からは円錐状の司令塔しか見えなかった。

　司令塔の下部の幅は三〇メートルほどで、高さもそれくらいある。下部には高さ三メートル、幅六メートルほどのスライド式の扉が設けられていた。

　扉はゴートが一人通れるくらい、概《おおむ》ね二メートルほど開いている。そこからゴートは現れた。一人だけで、道具らしいものは手にしていない。そして潜水艦の周囲の降下猟兵に動きを止めたように見えた。

　一度は姿を見せたゴートはバルボたち降下猟兵の姿を認めると、潜水艦の中に戻った。ただ潜航するつもりはないらしく、扉は開いたままだ。

「中隊長、小型ドローンを投入しますか？」

移動中の風間にバルボが尋ねる。小型ドローンとはテニスボールほどの大きさで、カメラとレーザーレーダーが装備されている。宇宙空間で、宇宙船の整備作業や調査に用いる使い捨ての装備だが、構造が単純な分、信頼性は高い。

可能なら自走できるタイプで同じサイズの小型ドローンが望ましいが、生憎《あいにく》とここにはそんなものはない。

「敵対行為と判断されるかもしれん。それに使い捨てドローンといえども、こちらの技術水準を明かすようなものは渡さないほうがいいだろう。

ただ、投入が必要な場合には、すぐに使えるようにしておけ」

「了解です」

この会話を聞いていた黒崎が提案する。

「ゴートとの交渉で、彼らにドローンを提供し、それによって潜水艦内を映させることを当面の目標においてはどうだろう。あのドローンなら、ハッチが開いていれば艦内でも通信は可能と思う」

「確かにドローンを艦内に持ち込んでくれればありがたいですが、まずそれを理解してくれるでしょうか？」

専門家というわりには、黒崎の提案は楽観的すぎるように風間には思われた。しかし、黒崎の真意は別にあった。

「理解されないかもしれない。しかし、ドローンという具体的な対象物があれば、それを中心に相手との意思疎通を可能とする足がかりにはなりえる。

現状では、何を話すべきかさえ不明確だ。だがドローンという存在を両者が認識し、それについて反応することで、次のステップへ進める」

「あれですか、烏丸さんが巨大ロボットを使って、ガイナスと意思疎通を行った方法の小型版？」

「まぁ、そんなものだ」

ここまでの会話はバルボたちの分隊も共有していた。アクセス制限をかけるような話ではないし、むしろ部隊で意思統一すべき内容だろう。

風間たちが到着したのは潜水艦が現れてから一〇分程度後だったが、ハッチは開いたままでゴートは中に入ったきり出てこない。

ただ音響センサーは、潜水艦内で機械音が活発化していることを示している。周期的な振動音が主で、それはいわゆる内燃機関の音と思われた。

「中隊長、潜水艦の主機の分析結果が出ました。振動音の解析によれば、四サイクル一二気筒のディーゼルエンジンと解釈するのが、もっとも整合性が高いようです。

センサーが受信するエンジン音の時間差から判断して、ディーゼルエンジンの大きさは二〇メートル弱あるようです。シリンダーの大きさは一メートル前後と推測されます。

これからからモデルを構築すると、エンジン出力は四万馬力前後という数字が出ています」

基地からの報告はにわかには信じがたかった。ゴートたちはガイナス艦を操る文明を有しているのに、どうして潜水艦がディーゼルエンジンなのか？

分隊の誰かが指摘したが、それにはバルボが答えた。

「内燃機関だとして、空気はどうする？」

「さほど難しくはない。大昔の潜水艦は液体酸素をボンベに詰めて、それで内燃機関を動かしたそうだ。核動力を実用化する前は、そうやって長時間潜航していたわけだ。ゴートも同じような手段でディーゼルを動かしているんじゃないか。どうせ呼吸するのに空気は必要なんだから」

バルボの話した潜水艦の技術史は、風間も初耳だった。それはそれで筋の通る話だが、宇宙船とディーゼル潜水艦のギャップはやはり不自然に思えた。

風間はとりあえず敵意がないことを示すために、兵員輸送車と部下たちを後方に下げ、自分と黒崎だけが潜水艦のハッチの前に残った。

バルボたちは兵員輸送車を下げたものの、何かあった時にすぐに反撃できる態勢は維持していた。一〇〇メートルほど車両を下げたところで、機銃の威力にも照準精度にも影響はない。

風間はPATのモニターに、バルボらが遭遇したゴートの姿を表示させた。潜水艦とはいえ、氷原は真空なのでゴートは宇宙服を着用していた。

ガイナス兵が透明なバイザーで頭部を覆っていたのとは対照的に、ゴートの宇宙服は上半身が一体型で、頭部は頭巾のように三角錐形状をしており、目の部分だけが透明だった。腰のあたりには太くて黒い金属製のベルトがあり、どうやらそこで宇宙服の上半身と下半身を結合しているらしい。全体はくすんだグレーで素材ははっきりしない。

背中部分までは映っていないが、呼吸装置の類があるとしたら、たぶんそこだろう。正面からはそれらしいものは認められなかったが、赤外線映像では、背中から熱を放射しているような反応が認められた。

金属製のベルトには、色々な機械類が取り付けられているようだったが、正体は不明だ。常識で考えるなら通信装置だろうが、人間の常識がどこまでゴートに通用するかはわからない。

風間が注目したのは、ゴートの両手がふさがっていないことだ。武器はおろか道具の類も手にしていない。戦う意志がないということなのか、何も考えずに外に出て降下猟兵に囲まれていたことに驚いたのか、解釈は何とでもできる。

風間は映像記録を続ける。降下猟兵や兵員輸送車の車載カメラが、それぞれの場所からの映像を記録する。

風間は正直、潜水艦が急速潜航するようなことも予想した。自分なら多分そうするだろう。

どういう理由からゴートが潜水艦で浮上してきたかはわからないが、未知の知性体が活動している現場と遭遇したならば、まず退却するだろう。何かのアプローチをするには情報が足りなすぎる。

だが潜水艦の扉は依然として開いたままだ。どうやらそこはエアロックも兼ねているようで、スライド式の扉の後ろには奥行き二メートルほどの小部屋がある。小部屋の壁には開口部は見られず、カメラから見えない側面から出入りするようだ。

ただ小部屋は真空であり、潜水艦の内部とは明らかに仕切られている。真空の氷原に出るためには、確かにエアロックは必要だろう。

そうした中でレーザーレーダーの計測結果も出てきた。全長二五〇メートルの潜水艦は、五等分されたブロックを溶接で組み立てたものらしい。レーザーレーダーは、ブロックの接合部にミクロン単位のズレを検知していた。

ブロック工法での建造は不思議でもなんでもないが、ディーゼルエンジンも含め全般的に、この潜水艦は枯れた技術の産物という印象が拭えなかった。

氷原と海中を移動するならこの潜水艦で何ら問題はないのだが、ガイナス艦との技術的なギャップはやはり気になった。

「軽巡カシマから、地上攻撃が可能であるとの通信が入っています」

基地の通信長が、静止軌道上のカシマとの回線を開いた。

「攻撃の準備を進めるべきか？」

鍋島直茂艦長からだった。

「それは旅団長も了解のことですか？」

風間は確認する。

「ゴートの攻撃を受けた場合、捜索中隊を守るために武器を使用することは、小職の権限として旅団長より認められている」

それは風間も知っている。ただ鍋島艦長の提案は性急すぎると感じた。現状は潜水艦が現れただけで、攻撃は受けていない。

逆にこちらから先に攻撃などすれば、今後の事態は悪化はしても良くはなるまい。それに、ディーゼルエンジン潜水艦からレーザー光線の反撃があるとは思えない。仮に先にゴートからの攻撃があったとしても、現有戦力で十分対処できよう。

「攻撃可能な武器は何でしょう？」

攻撃は不要という考えは変わらないが、鍋島が何を考えているのか、風間はむしろそれを確認したかった。

「即効性ならレーザー砲だ。遠距離で照準は難しいが、氷原の赤外線スポットを参考にすれば、弾着の修正は可能だ。あとは地中貫通爆弾がある。しかし、ここから地上までの投下時間に軌道の修正も込みで数時間はかかる。状況にもよるが、使えなくはない程度のものと思ってくれ」

さすがに新鋭艦の艦長を任せられるだけあって、鍋島も勇ましいようでいて冷静な計算はできるらしい。

「準備はお願いします。ただ火器の使用に関しては、当方が要請した場合のみでお願いします」

旅団の中で、大尉である風間が大佐の鍋島にそう要求するのは異例のことだが、鍋島は要求を認めた。現場の状況が一番わかるのは風間なのだから、その判断に従うべきということだ。

その間に風間は、データベースからディーゼルエンジンについて情報を確認する。相手の技術レベルに当たりをつけるためだ。だが、残念ながらデータベースの内容はあまり参考にはならなかった。

結局のところそれは人類の歴史であり、ゴート側の技術史まではわからない。それでもディーゼルエンジンは石油を燃料にしていたという記述だけは、風間も注目した。

美和のような天体に油田があっても不思議はないだろう。ただ核融合技術も使っているゴートがディーゼルエンジンを活用するというのは、風間にはしっくりこなかった。

「黒崎さん、どうして、いま潜水艦が現れたと思います？　やはり攻撃的な意図があるんでしょうか？」

「ゴートの意図なんかわからんよ」

黒崎はそう言い切った。

「それでも、いま現れた理由は推測がつく。単純な話だ。我々は海底探査のために超音波を発信し続けていた。自然界に存在しない音を察知すれば、ゴートもそれが人工的なものと考える。

ただ、その人工的な音波源に対してゴートがどうアプローチするかは、意図の問題だ」

「攻撃してきますかね？」

そんな風間に黒崎はやや苛《いら》ついているようだった。

「まぁ、私見を述べるなら攻撃しそうにはないな。さっきのゴート、ハッチを開けて我々を見たらいなくなった。あれでは攻撃にはなるまい」

黒崎がそう言った時、ゴートの潜水艦はハッチを閉めた。そしてディーゼルエンジンが回転数をあげると、それは現れたときと同じように唐突に潜航態勢に入った。

「逃げるのか……」

確かにゴートにしてみれば、浮上して外に出たら見たこともない連中が集団で自分たちを包囲していたら、逃げようとするのは理解できる。

とはいえ戦闘は論外としても、もう少し丁寧に調査くらいしようとは思わないのか？

風間はそれがわからない。

だが、潜水艦は逃げてはいなかった。

「氷の薄い海中を移動中です。現在、我々より北に三キロの地点にいます」

音響センサーの担当者が風間に報告する。

「潜航して逃げたのではないのか？」

風間にはますます潜水艦の意図がわからない。

「センサーのデータから判断すれば、砕氷艦のように氷を割るより、もっと楽に移動するため潜航したようです。あっ、浮上に入りました！」

潜水艦は先ほどの位置より三キロほど離れた氷原を突き破り、その姿を現した。

「包囲網を突破したか」

兵員輸送車に包囲され、銃口を向けられていたから、その包囲から抜けた。そうも見えるが、三キロ移動したところで、風間らの部隊が移動すれば同じことだ。

それに氷原で氷が比較的薄いのは、美和のなかでも墓所の周辺だけだ。浮上する意図を捨てない限り、移動できる範囲は限られている。

「中隊長、車両を移動させますか？」

バルボ分隊長が尋ねる。彼は中隊の兵員輸送車を移動するルートも提案してきた。

「車両はそのまま、小型のカメラドローンを潜水艦周辺に投射せよ！　急げ、潜水艦がハッチを開く前にやるんだ！」

風間は、バルボが提案したように浮上した潜水艦を兵員輸送車で包囲した場合、こんどは完全に墓所から逃げ出すことを恐れた。

ゴートについての情報を集められるまたとないチャンスだ。これをふいにはできない。

テニスボールほどのカメラドローンには、圧縮した空気で遠投するための道具があった。玩具のような道具だが、美和のような真空で低重力の天体ではけっこう実用的だった。

兵員輸送車は最初の位置に留まったまま、ただカメラを望遠にして潜水艦の動きを記録していた。潜水艦のハッチが再び開くまでに、二四個のカメラドローンが周辺に落下した。

カメラドローンは簡単な姿勢制御機構があるので、それぞれの落下場所でカメラの方向を潜水艦に向けていた。

「現れたな」

先ほどは一人だったが、今度は三人のゴートが現れた。戦術ＡＩによれば、最初に現れたゴートとは身長が異なるので、別の個体だろうと分析した。

三人のゴートのうち、先頭のゴートは何も道具を持っていない。さらに宇宙服も後ろ二人のものより、使い古された印象があった。

それに対して後ろに控える二人は、宇宙服も新しく見えた。体格も大柄で全長二メートル半ほどの槍を持っている。

「あの手ぶらのゴートがリーダーで、後ろの二人が護衛。手ぶらなのは敵意を抱いていないことを表しているんでしょうか？」

風間の質問に、黒崎はいささか呆れたように答える。

「そういう解釈も否定はしないがね、それはあまりにも人間的だとは思わんか？」

黒崎に窘《たしな》められたが、風間はやはりコンタクトのチャンスかもしれない機会を逃したくなかった。

「私だけ非武装で彼らに接近すれば、何某かのコンタクトは可能ではないですか？」

「それはないんじゃないか、中隊長。カメラドローンの映像を見たまえ」

潜水艦の周囲に落下したカメラドローンの一基は、ハッチのほぼ正面に位置していた。近くの複数のカメラからの映像を戦術ＡＩは合成し、三次元映像として再現していた。

最初にリーダーかと思われた手ぶらのゴートは、風間の印象を率直に言えば、落ち着きがなかった。

表情はわからないが、ソワソワしているような印象を受けた。対照的に後ろの二人は、何事にも動じないという態度に見える。

そしてその二人が先頭の一人を槍の穂先で突くように、前に歩くよう促す。

三人はそうして潜水艦の甲板を艦尾方向に歩いていた。

「あっ！」

「どうしました、黒崎さん？」

「あの槍の先見ろ！　あれで刺したら、まさにゴートの二つの心臓の位置じゃないか。あの二人、先頭のゴートを処刑しようとしているんじゃないか！」

「処刑だと！」

いままでずっと墓所のゴートは、海底から氷原へと続く海流の結果と考えられてきた。だが、潜水艦で運ばれたゴートが処刑され、捨てられていた場所、それが墓所だったのか？

「そうだよ、確かにあの槍の先なら、心臓に開けられていた刃物の形と一致する！」

「黒崎さん、なら潜水艦が位置を変えたのは？」

「あれが何かの儀式なら、我々は儀式の障害と判断されたんだろう」

風間は一瞬、後ろの二人に威嚇射撃をかけて、先頭のゴートを救出しようかと考えた。

しかし、それは辛うじて思いとどまった。黒崎の仮説が正しいとしても、それはゴート社会への干渉となる。彼らについて何もわかっていないのに、そんな干渉はできない。

そもそも威嚇射撃自体が成功するかどうか怪しい。あの二人のゴートの意図などわからない。処刑を阻止するための射撃といったところで、処刑が行われない限り、彼らの意図はわからない。処刑と確認できた段階で、威嚇射撃は間に合わない。

結局、人間の目にはどう見えようとも、いまは彼らの行動を見守るしかない。

そこまで考えて、風間はあることに気がついた。

「黒崎さん、墓所の死体はすべて裸だったじゃないですか。でも、先頭のゴートは宇宙服を着用しています。処刑ではないのでは？」

「わからんよ。本当は死体を捨てるだけだった。だが、我々の存在が彼らにそれを変えさせたとも考えられる。あの着古したように見える宇宙服も、本当に捨てても惜しくない老朽品かもしれんだろう」

そして予想外のことが起こる。先頭を歩いていたゴートは、突然振り返ると後ろのゴートに体当りして槍の先端だけを長い方の腕で奪うと、そのまま潜水艦の甲板から氷原に逃げ降り、一番近い兵員輸送車に向けて駆けてきた。

「中隊長、奴が接近してきます！」

兵員輸送車の乗員が風間に叫びながら指示を求める。

「射殺も援護射撃もするな！　兵員輸送車に……」

風間は葛藤する。兵員輸送車に収容すべきか、それとも逃亡してきたゴートを無視するか。

「に……入れるな！　彼らの行動に干渉してはならん！」

たぶん自分たちが助けなければ、あのゴートは殺される。だがここで自分たちが介入するのは、ゴート社会との今後の交流には決してプラスにはなるまい。

けっして望ましい形ではないだろう。ゴートが一人殺されるのは間違いない。しかし、それによって、自分たちはゴート社会に干渉しないと理解させることにつながるだろう。

そして事態は風間の予想どおりに進んだ。逃げるゴートは、あまり俊敏には動けなかった。二人のゴートは狼が獲物を追うように、連携して前進する。そして槍を奪われたゴートが逃げたゴートに先回りして、道を塞ぐ。

逃げ道を塞がれたゴートの背後から、槍を持ったゴートが迫り、背中から刺す。逃げたゴートは二つの心臓を槍で刺されてそのまま絶命した。

処刑した二名は、死体の生死を確認しなかった。確認しなくとも、宇宙服の気密が破られたのだから生きられるはずもない。

処刑を終えて、はじめて二名のゴートは顔を兵員輸送車に向けたようだった。表情まではバイザーでわからないが、そこに見慣れない物体があることにいま気がついたかのようだった。

二人は、一番近い兵員輸送車まで歩いてくる。車内の降下猟兵たちの緊張が高まっているのが、ＰＡＴのバイタルモニターで風間にもわかった。

「攻撃はするな。中にも入れるな。ゆっくりと後退しろ」

ゴートとの間には、まだ一〇〇メートルほどの距離があったが、兵員輸送車はゆっくりと後退をはじめた。二名のゴートは、兵員輸送車が後退すると、歩みを止め、そして自分たちが処刑した死体に一瞥もすることなく潜水艦へと戻ってゆく。

だがゴートの一人が、雪原に設置したカメラドローンに気がついた。そしてゴートはそのままカメラドローンをもって潜水艦へと戻った。

風間にとっては皮肉な展開だ。ゴートが仲間の処刑を始めた時、友好的にドローンを手渡すことなどできないと諦めた。だが、そのドローンをゴート自らが拾って潜水艦に持ち帰ったからだ。

「艦内の映像を受信しました！」

基地のスタッフが興奮気味に報告する。しかし、映像はハッチが閉ざされたことで消えた。そして潜水艦は潜航し、海中に消えた。

「音響センサーは追尾できるか？」

風間の問いに、音響センサー担当の部下は首を振る。

「無理です、そんな用途のために設計されていないんです」

それでも氷の音響変化から、ある程度は存在を確認できはしたが、それも水深一〇〇メートルを超えると雑音との識別がつかなくなった。

美和の海洋は最深部で一〇〇〇〇メートル以上あると考えられており、深海に潜られたら追尾のしようがない。

潜航直前に数秒間だけつながったドローンからの映像は、録画時間より高画質での通信を優先したため、画質は良かったが三〇秒程度だった。

ただ収穫もあった。ゴートは異星人から受け取ったドローンに関して、微生物に対する何の防御も施していなかった。消毒薬を散布することさえなく、ドローンはロッカーのどこかに置かれていた。

宇宙服は予想通り上下のセパレートで、金属ベルトのところで分離した。内側にはメッシュ状の下着があり、それがゴートの発する熱を輸送しているらしい。この点は人類が昔着用していた宇宙服の放熱機構となんら変わらなかった。

最後の数秒だけ、最初に宇宙服を脱いだゴートが、戦利品のつもりかドローンを持って移動した。

エアロックを抜けて通路に出る。ゴートが巨体なので、通路は幅で二メートル、高さは三メートルほどあり、天井や壁を配管が走っていた。壁は白だったが、配管は赤とか青で色分けされている。

ドローンを持ったゴートは、通路に面した一つの部屋を横切った。そこは食堂らしく、一人のゴートが何かを食べていた。画像では、ＳＳＸ１で回収された缶詰の中身と酷似しているように見えた。

こうした情報をもとに、次の調査をどうするか、機動要塞にて関係者の会議が開かれた。美和で調査にあたっていたジャック真田やアスカ黒崎はもとより、シャロン旅団長や捜索中隊の風間中隊長も招集されていた。

機動要塞の小会議室なのは、メンバーが比較的少ないためだ。あくまでも降下猟兵旅団の調査計画の会議であるため、バーキン大江司令官は同席していない。降下猟兵旅団では解決が難しい段階になったら、機動要塞として協力を惜しまないというスタンスだ。

風間自身は、科学者たちの意見交換の場に自分がいることに、どこまで意味があるのか疑問な部分もあった。副官に任せているとはいえ、美和の現場が気になる。

それでも参加しているのは、旅団長命令であるからだ。基礎的な事実関係を把握しておかないと、正しい判断ができない。そういうことらしい。

確かに旅団長の意見は正しいと風間も思う。ただ自分は彼女ほどストイックにはなれないことも自覚していた。

会議の議題の中で、風間らの前で処刑されたゴートについては、報告はないことはすでにアナウンスされていた。情報量が多いので報告できないのと、処刑までの一連のプロセスは危機管理委員会傘下の研究機関へデータが回されたためだ。

そこで文化人類学的な観点から分析が行われるという。したがって会議の内容は比較的限られていた。

そうした中で会議は、真田の分析から始まった。

「まず、生物学的な観点からわかった情報をまとめる。

ＳＳＸ１で回収された缶詰のカエルは遺伝子情報の損傷が激しいので、必ずしも断言はできないが、進化の上でゴートと直接的なつながりがあるものと思われる。

その距離感はネズミと人間なのか、あるいは猿と人間の隔たりなのか、そこまではわからない。

そして現時点で、ゴートはもともと惑星敷島で進化した生物と考えられる。したがってカエルもまた敷島で進化した」

風間も含め、真田の説明に意見を挟むものはいない。ここまでは既知のことだからだ。

「ゴートの死体回収とその腸内細菌や海洋生態系の比較から、美和の海洋の中で敷島由来の生物群は、美和固有の生物群を食料にもできなければ死体の分解もできないことがほぼ確実視されている。

さらに美和固有生物群もまた、敷島由来生物群の捕食者にはなれない。

つまり二つの天体由来の生物群は、知られている範囲で互いに相手を利用できないため、一つの海洋に別々の生態系が重層化していると思われる。ただ海水の分析などから判断して、美和由来の生態系が圧倒的で、ゴート側の生態系は隙間を埋める程度だろう。

たぶんあと何万年かすれば、両方の生態系をつなぐ生物群が現れると思うが、現時点では確認されていない」

「真田博士、美和と敷島の生物群は共棲しているということですか？」

　風間が意外に感じたのは、それがシャロン旅団長の質問だったことだ。彼女の科学への関心は仕事で必要だからではなく、自身の興味によるものだろう。そうでなければ軍事とは無関係なこんな質問はしないはずだ。

「共棲というより、共存でしょう。どちらも相手の生物群に依存してはいない。互いの存在を攻撃もしないが協力もしない。

　だから共棲ではなく共存です。先ほども言ったように、ゴート側の敷島由来の生物群が少数派であることも関係しているでしょうが」

「そんな二つの生態系が、なぜ同じ海洋で没交渉なのです？」

　シャロンがそこまで食い下がるとは真田も思わなかったらしい。それは風間も同様だった。

「海洋全域を調べたわけではないので、美和固有生態系と敷島由来の生態系で完全に独立しているというのは、仮説の段階です。

　ただそう考えられるのは、両者の代謝機構の問題です。美和の生態系は海底火山由来の熱水に依存しています。嫌気環境で硫化水素を活用する代謝系の生物が進化している。

対するゴートの持ち込んだ敷島由来の生物群は、酸素呼吸を前提としたものです。潜水艦内の映像から判断して、ゴートの生活空間には酸素がある。だが美和の海洋は嫌気的な環境ですから、酸素は工業的手法で生産する必要があります。

　さらに食料も調達していることを考えると、養殖や農業を行っていなければならない。そこも酸素が存在する環境です。当然ながら彼らの都市にもまた酸素は存在する。

仮に彼らが海中で養殖のようなことをしていたなら、その領域に美和の生物群は生存できない。逆に敷島生物群は、硫化水素を活用する嫌気環境では生存できないわけです」

　納得したらしいシャロンに真田は付け加える。

「一言でいえば、美和と敷島は生物進化史の時代が違う。一つの空間に二つの時代は並び立てないわけです」

　シャロンはしばらく何か考えていた。周囲は彼女の発言を待っていたが、真田に対してはそれ以上の質問はせず、次の発言者に発表を促す。

　続いては旅団長附のマイザー・マイア少尉だった。彼は大学で工学を学んだとは聞いていたが、科学者グループのメンバーではない。どうやら旅団長附として、科学者チームのデータを一つのレポートにまとめ上げたので発表するようだ。

「潜水艦の映像資料と、処刑されたゴートが奪った槍の先端部から、ゴートの冶金《やきん》技術について現時点でわかっていることです」

全員の前に棒の立体映像が浮かぶ。全長は二五〇センチほどで、先端の三〇センチは三つに分かれた刃先の鈍い刃物になっている。

「この棒は処刑に使われた槍の再現です。全長二五〇センチ弱、直径七センチ弱あります。先端の刃物は、刃先が二〇センチ、柄に相当する部分が一〇センチです。これらは溶接されています。

柄の部分と刃物では鉄の組成が異なり、別々に加工されています。刃物は鍛造《たんぞう》です。注目すべきは柄の部分で、鋳鉄なのですが、その結晶構造から惑星敷島のような高重力でも、宇宙空間の無重力でもなく、美和のような低重力の環境で溶かされ、冷却されたと推測されます」

「刃物についてはわかったが、潜水艦はどうなのだ、旅団長附？」

シャロン旅団長がそう尋ねたのは、ここでの報告が最初なのだろう。ただシャロンに、マイアを咎《とが》める様子はない。

「鉄に関しては興味深いことがわかりました。まず潜水艦の船体については微細サンプルの回収に成功しました。

潜水艦が氷原を突き破って浮上してくれたおかげで、破壊された氷から船体のサンプルが入手できました。X線分光などでやっと分析できるレベルのサンプルですが。

氷に含まれている金属組成はわかっているので、それを差し引くと、あの潜水艦は鉄でできてます」

マイアがそう報告しても最初は誰も反応しない。意味を真っ先に理解したのはシャロンだった。

「それはなにか、旅団長附。ゴートの潜水艦は、鉄に亜鉛なりマンガンなりを加えて合金化したのではなく、鉄だけということか？」

「そうです旅団長、まぁ、鋼なので若干の炭素は含まれています。歴史の黎明期においても鉄材は部位や用途によって金属素材を加えたり、炭素含有量を変えて、性質を改変していました。

ところがゴート潜水艦はそんなことをしていない」

「そうだとしてだ、工学的にどんな問題があるというのだ？」

風間にはマイアが何を問題にしているのか、今ひとつ見えてこない。潜水艦の材料が鉄だということの何が問題なのか？

「問題は潜水艦にはありません。ゴート社会の工業技術の問題です。現時点の証拠から判断して、ゴートは多種多様な金属材料を製造できていません。しかし、ＳＳＸ１で回収された缶詰は、複数の元素により成分調整された軽合金でした。つまりゴートは過去に持っていただろう技術を失ってしまったと考えられるのです。

棒や潜水艦の鉄の組成をＸ線分光にかけると、同じ鉱山から採掘された可能性が非常に高い。

さらに興味深い事実が潜水艦からわかります」

マイアが言うと、そこにハリネズミのような棘に覆われた細長い物体の立体映像が現れた。

「これは兵員輸送車のレーザーレーダーにより計測された、ゴート潜水艦の船体の歪《ひず》みを数千倍に拡大し、強調したものです。歪みは潜航と浮上のように極端な水圧の差で生じます。

船体材料の組成から判断して、ここまで船体に歪みが蓄積するのは、潜水艦の艦齢がかなり長いことを示唆しています。大雑把な見積もりで一〇〇年以下ということはないはずです。

海洋に文明を築いているゴートにとって、潜水艦は不可欠な存在のはずです。それでも一〇〇年以上も使い続けるというのは、彼らの生産力がかなり限られているからだと思われます。

多種多様な金属材料を製造する余力もなく、潜水艦を建造するのも簡単ではない。

真田博士が生態系の話をなさってましたが、ゴートの社会基盤が少数派の敷島生物群の生態系に依存しているからには、総人口は想像以上に少ない可能性があります。

人口が少ないからこそ、産業基盤を維持するのが難しい。そうした解釈が自然と思われます」

「なるほど」

シャロンのつぶやきに、全員の目が彼女に向かう。

「旅団長、何か？」

「真田博士とマイア少尉の話がどちらも正しいとすると、大きな問題が一つ生じる。

我々は墓所でおびただしい死体を発見した。ゴート社会は美和の海洋の生態系を利用できない。エネルギーは海底火山から確保できるとしても、食料基盤も十分とはいえない。

その状況で、墓所に堆積した死体の分だけ、ゴート社会は生物資源が失われてゆくことになる。つまりゴート社会は縮小再生産を続けてきた。様々な生物資源が再利用できないまま喪失したわけだ。

だとすると、ゴートはとうの昔に文明を維持することさえできなくなっているはずだが、彼らはガイナス艦を運用するだけの文明を維持している。

ゴート文明を維持する資源を、もしも外部から定期的に補給されていたならば、文明の発展はともかく、維持はできる。視点を変えるなら、ゴートは社会的な不利益を承知で少なくない同胞を処刑してきたらしい。それもまた外部からの補給が期待できて初めて可能なことかもしれない」

「敷島から美和に向かう宇宙船がそれだと？」

「そのとおりだ、マイア少尉」

会議室はざわつく。風間は、美和の生態系や鉄材の話から、敷島星系の謎の宇宙船との関係を指摘するシャロン旅団長の発想力にまず感心した。惑星敷島から美和に移動する円盤型の宇宙船。その目的が一つ見えてきた。

同時に、それをすぐに理解したマイア少尉にも驚かされた。旅団長附は伊達じゃないようだ。

「旅団長、敷島にとってゴート社会は何なんでしょう？」

「それがわかれば苦労しない、違うか旅団長附」

「まぁ、そうですよね」

「ところで、ゴートの潜水艦は水深何メートルまで潜れる？」

マイア少尉はその分析も終えていた。

「レーザーレーダーによる潜水艦の微細な凹凸から、船殻の構造もある程度は割り出せました。骨組みがあり、鉄板が張ってある。内部に圧力隔壁があるはずですが、その辺は未知数です。

鉄材の鋼についても、氷に剥離したサンプルですので、誤差があることはご理解ください。

現時点であの潜水艦が潜航可能なのは、一五〇〇メートルから三〇〇〇メートルの間くらいです」

「そんな潜水艦が一〇〇年も使用されていたわけか」

シャロンはそう言うと、美和の断面モデルを表示した。

「おかしいとは思わないか。美和の海底は地表から計測して、八〇〇〇から一〇〇〇〇メートルの水深がある。そんな海洋で、せいぜい三〇〇〇メートルしか潜れない潜水艦でどこに向かう?」

その場の全員が美和の立体モデルを凝視する。シャロンの指摘した問題の答えを見つけようと。

氷原からガイナス艦が出入りしていたのは観測されていたが、地表の氷層には基地も都市も発見されていなかった。それどころかガイナス艦が出入りしていたはずの氷穴は、すでに海水の侵入で凍結していた。

「海底火山帯に連なる山脈の頂部は水深五〇〇〇メートルですが、潜水艦の性能が未知なのであれば、そこなら可能性があるのでは?」

それは黒崎の意見だったが、反論したのはシャロンだった。

「潜水艦の性能は、未知の部分も加味してのデータです。自分の作ったストーリーに都合がいいからと、勝手に推定値を変えないでください。

それと博士の指摘はわかりますが、火山の熱源が潮汐力由来なので、この海底山脈は頻繁に大規模な地震に見舞われています。そこに文明を建設するのは不可能とはいいませんが、得策とは言い難い」

シャロンの反論は科学者である黒崎にはかなり痛烈なものであった。しかし、彼はその指摘に自分を恥じているようだ。

会議の空気を変えたのは、いままで沈黙していたラム浅井《あさい》曹長だった。

「あのぉ、いいですか？」

「なんだ、曹長」

ラムが発言したことで、シャロンは明らかに驚いた表情を見せた。このクールビューティでも動揺するとは、風間には意外だった。

「ゴートが敷島から美和に宇宙船でやってきたとして、どうして氷原で生活しないんですかね？

地表に住んで、氷原に穴でも掘れば海水だって手に入るでしょう」

「曹長が言うのは、地表で生活できない理由があるってこと？」

「じゃないですか。理由は知りませんけど、ゴートって敷島から追い出されて美和までやってきた。だとしたら外敵から隠れようとするんじゃ？」

会議室内がざわめいた。風間はよくは知らないが、ラム曹長は司令部内でも独自の視点で知られているようだ。

それを裏付けるようにシャロンは言う。

「曹長がゴートならどうする？　何かに追われて美和までやってきたとして」

「乗ってきた宇宙船で海中に隠れるのが一番じゃないですか。美和に逃げてくるからには、それくらいの改造はしてるでしょう。海中に隠れられるような。

で、逃げてきた宇宙船を束ねれば、海中を移動する都市が建設できますよ。宇宙ステーションの拡張でよくやりますよね、あれです」

自分の言葉で会議室が静まり返ったことに、ラム曹長はキョトンとしていた。

6　減速装置

水神魁吾《かいご》司令長官と火伏礼二兵站監は、相賀《おうが》祐輔《ゆうすけ》司令官より、壱岐の宇宙要塞にある要港部の司令部施設に招かれていた。用件は最近の出雲星系での騒動だ。相賀はこの会議の直前に、情報収集のため出雲星系に出張していた。

水神も火伏も、この会議にはいささか不安を覚えながら参加していた。なぜなら出雲で何か大きな異変があったらしいということしか、わかっていなかったためだ。そもそも異変について知ったのも、危機管理委員会のタオ迫水から問い合わせがあったためだ。

タオは自身の権限で、出雲星系の殿上御先《でんじょうみさき》統領に事実関係を問い合わせたところ、星系防衛軍第二管区内で反政府的な動きがあったが、事実関係は確認中という返答しか来なかったらしい。

外交官としてのタオの勘は、かなり大きな異変が起きていることを告げていた。しかし、彼は殿上に対しては、それ以上のアプローチはしなかったという。

下手に動けば内政干渉と捉えられかねない。出雲から壱岐への内政干渉を可能な限り回避しようとしていたタオからすれば、ここで出雲を刺激し、やぶ蛇になるようなことは避けねばならない。

ただ危機管理委員会議長としては放置もできず情報収集にあたっており、その一つが水神への問い合わせだった。

水神が何も知らないことは、タオにさらなる疑念を植え付けただけだったようだが、それは水神自身も同様だ。

水神の予想どおり火伏もこの問題を知らされていなかったが、ドナルド・マッキンタイア軍務局長より、兵站面の長期計画策定が遅れるとの通知が届いており、出雲で何かがあったことは感じていたという。

そうなると頼りになるのは相賀要港部司令官だが、案の定、彼は出雲星系への出張中だった。尋常ではないことに、先任参謀の坂上好子《さかがみよしこ》中佐は壱岐に残っていた。

「自分が留守の間の壱岐と周防の動向をさぐれ」

相賀はそれだけを命じて出雲に向かったという。その彼が戻ってきて最初にしたことは、水神と火伏、そして坂上による状況報告の集まりだ。

階級的には相賀が水神と火伏に報告する形だが、実質的には意思決定のための会議である。

「それで結局、出雲で何が起きたんですか？　第二管区の反乱と聞いてますが？　それは壱岐方面艦隊には現時点で影響はあるんですか？」

水神は士官学校時代の先輩に矢継ぎ早に尋ねる。情報があまりにも少ないからだ。何よりもそれは自分の職務にどう関わるか、水神は知りたかった。これ以上厄介な案件は抱えたくないからだ。

相賀はそんな水神に落ち着くよう手で促す。

「状況が面倒なんでな。殿上さんも現時点で事態を完全に掌握できていない。危機管理委員会に報告はなされるが、その前に事後処理を終わらせねばならんのさ。

厄介な案件を、第二管区の一部が自分たちで独占しようとした。それを解決するのに降下猟兵を投入した。

で、問題がなおさら面倒になった。要するに厄介ごとの二乗だ」

そこで相賀は状況を説明した。播《は》種《しゅ》船の減速装置が第二管区で発見され、それを香椎元中将がコンソーシアム艦隊に報告し、艦隊司令部が武力でそれを奪還した。

そして減速装置のコンピュータは奇跡的に稼働可能で、我々の知る歴史知識は大幅に修正を迫られる可能性がある。そうしたことを相賀は語った。

「香椎さんがねぇ」

火伏は、播種船よりも香椎元中将の行動に感じるものがあったらしい。香椎を解任させたのは火伏と相賀の二人だったことを考えれば、彼が社会のためにとった行動は意外だったのだろう。

だが水神から見れば、火伏と香椎はわりと似たタイプの人間だ。どちらも必要なら個を捨てて、自分の信じる道を進むことを厭《いと》わない。少なくとも私利私欲だけでは動かない。ただ香椎さんはそれを認めたとしても、頑固な親友は絶対に自分たちが似ているなどとは認めないだろう。

「しかしだ、播種船の一部が発見されたことは、定説となっていた人類コンソーシアムの歴史を覆《くつがえ》すかもしれないが、別に危機管理委員会を煩《わずら》わせるような話ではあるまい」

火伏の指摘は水神の疑問点でもあった。

「そこなんだよ、厄介なのは。

播種船の電子機器の規格は、我々が今日も使用している規格とかなり高い互換性がある。文明の黎明期に、播種船を解体して活用した名残だと言われている。

それが搭載コンピュータの再稼働に大きくプラスとなった。細かい分析はまだなのだが、問題は二つの事実だ。

一つは播種船は伝承とは異なり、地球から銀河系の中心部ではなく、反対方向の辺縁部に向けて送り出されたらしい」

「そうだとして、広大な宇宙で播種船の進路が逆だったことが何か重要なのか？」

「重要なんだよ、火伏」

この面子《めんつ》だと、階級や役職の違いはいつの間にか無くなってしまう。相賀はそういう場を作り出す独特の才能がある。水神は将官となったいま、それを再認識していた。

「いいか、我々は瑞穂、壱岐と銀河の中心方向にむかって植民を続けてきた。

それは地球から出雲に到達し、そこから銀河系の中心に向かうという解釈なら自然な流れだ。

しかしだ、方向が逆となると大きな矛盾が生じる。地球の位置は不明だとしても、播種船は出雲に到達する前に敷島や壱岐、瑞穂に植民しても良かったのだ。だが現実はそれらは素通りされ、わざわざ出雲に文明を築いた」

播種船がどうして出雲星系に文明を築いたのか？　じつのところこれも歴史の謎だ。言い伝えの通り播種船が一〇〇〇年以上も航行を続けていたならば、地球に似た惑星など一〇や二〇はあったはずなのだ。

定説としては「播種船の限界まで地球から遠くに植民を行うため」といわれていたが、それとて、なぜ遠くなければならないかの理由は不明だった。

「今回、減速装置が発見されたことで、謎だった播種船の構造の一部が明らかになった。播種船は現在の我々の宇宙船と違って、多少の航路変更は可能でも目的地で停止することは一度しかできない。複数の星系を通り過ぎることは可能でも、停止して立ち寄ることは不可能だ。つまり停止できるのは目的地だけだった。

　一つ目の問題点とも関連するが、播種船はなぜ敷島ではなく出雲星系で植民を始めたのか。それが二つ目の問題だ。詳細は分析中だが、播種船は出雲星系に到達する前に敷島星系の近傍を通過した可能性がある。重要なのはその時期だ。

　機動要塞のバーキン大江司令官によれば、敷島星系はゴートにより宇宙文明段階に到達していたのは間違いないらしい。それが何らかの原因で衰退し、現在は敷島と美和の二つの天体でしか確認できていない。宇宙インフラが破壊された痕跡が残っていることからも、何らかの異変はあったらしい」

「もしかすると播種船は敷島星系に向かっていたが、ゴート文明の存在を探知して、航路を変更し、宇宙船の性能限界で航行可能な出雲星系に向かった。そういうことか？」

「さすが火伏は話が早い。しかし、それでは及第点はやれん。

　播種船のＡＩはそこで何を観測したのか、それが重要だ。

　ＡＩが目《ま》の当たりにしたのは繁栄しているゴート文明かもしれないが、何者かによって滅ぼされかけたゴート文明かもしれない。

　播種船のＡＩがどのような行動規範をプログラムされていたのか、現在の我々には理解不能だ。それに関しては伝承さえない。

しかし播種船が、伝承どおりに異星人の脅威を前提として送り出されていたとするならば、文明の存在する星系への接近は避けると考えられる。さらにゴート文明を攻撃する何者かを観測したのであれば、なおさらだ。

出雲に入植した我々の祖先は、異常なまでに異星人文明の侵略を恐れてきたが、それも敷島星系の文明、あるいはそれを破壊した何者かの存在を目撃したためかもしれない」

だが水神は、相賀のその仮説には疑問があった。

「それはどうかな。

播種船が出雲星系に到達したのが三、四〇〇〇年前で、地球から出雲まで一〇〇〇年もの間、宇宙を移動した。この伝承が正しいなら、敷島星系に接近したのも三、四〇〇〇年ほど昔のはずだ。

しかし、ガイナスが敷島星系から船団で脱出したのが六七〇〇〇年以上昔だ。だから播種船がゴート文明の最盛期と遭遇するはずはないし、文明が崩壊するような危機を目撃することはあり得ないはずだ。

さらに現在の敷島星系には文明が存在する。だが航路啓開船ノイエ・プラネットでさえ、ガイナス船団との遭遇がなければ文明は発見できていなかった。

播種船の探知能力もノイエ・プラネットと同等なら、敷島星系で減速を完了して、それから文明を発見したはずだ。しかし、そうであったなら、我々は出雲星系に存在していない。つまり播種船は敷島星系の近傍を通過してなどいないんじゃないか」

「お前、人の話をちゃんと聞いていないだろう」

艦隊司令長官に向かってお前呼ばわりとは、さすがに水神も窘《たしな》めようとしたが、火伏が珍しくやめておけと目で合図する。

「いいか、司令長官。時期が問題だと俺は言ったはずだ。

播種船の減速装置によれば、出雲星系に到達したのは三、四〇〇〇年前ではなく、六、七〇〇〇年前に遡る可能性がある。

そしてゴート文明の衰退期も概《おおむ》ねその頃だ。仮に、ゴート文明の衰退期に播種船が敷島星系を発見したならば、文明の存在を観測できない可能性が高い。だとすれば播種船は敷島星系で植民化を実行していたはずだ。だがそれはなかった。

播種船の航路に関しては、いま分析中だが、仮にゴート文明の最盛期に遭遇したとすればどうなるか？ゴート文明が宇宙インフラも多数構築していた時代なら、かなり遠距離からもその文明の活動は探知できるんだ。電波信号の探知は異星人探査の基礎技術だからな。だから播種船は敷島星系で植民地建設を行わず、出雲星系まで航行した。

このシナリオの場合、人類が黎明期より脅威と認識していた異星人とは、敷島星系のゴート文明に他ならない」

相賀が喧嘩腰なのも水神にはやっと理解できた。人類がはじめて遭遇したとばかり思っていた異星人は、播種船のＡＩがすでに存在を認識していたのかもしれないのだ。

ただ、それでも水神は全面的に相賀に納得したわけではなかった。

「確かに、我々の歴史において強迫観念的に異星人の脅威を訴えてきた理由も、それで説明がつくかもしれない。

しかしだ、そうであったとして、それでどうなる？　六〇〇〇年も七〇〇〇年も前の出来事が、我々の現下の問題にどう影響するというのだ？　人類史の大きな発見であるのは認めるとしても、ガイナスとの戦闘には直接の影響はないはずだ」

「とは言えまい」

意外にも、水神に異を唱えたのは火伏だった。

「ゴート文明の最盛期であれば、彼らもまた宇宙インフラを動員して播種船を発見できたはずだ。少なくとも技術的には可能だ。

だから播種船がゴート文明の最盛期に接近したのか、衰退期に接近したのかで意味は全く違う。後者なら現状に何も影響はない。ガイナス船団より播種船のほうが高速だった。それだけのことだ。

しかし、前者の場合は話が違う。ゴートの視点で、彼らは異星人の宇宙船の存在を知った。その上でガイナス船団が壱岐に向かったとしたらどうなる？

ガイナスは、壱岐星系で偶然にも人類と接触したと思われていた。だがそうではなく、船団は最初から人類の存在を予測してやってきたとしたら、それは五賢帝との交渉に影響するんじゃないか？」

「五賢帝の意図は人類の征服にあるとでも言いたいのか？」

火伏は、水神に落ち着けと手で制する。

「水神、それは論理の飛躍だ。そもそも五賢帝の意図をこれだけの情報から類推しても意味はあるまい。

ただガイナスの意図という部分に関して、最初から人類の存在を予測した上で壱岐に到達したとしたら、彼らはそれに備えていたはずだ。どういう形かはわからないがな」

火伏の説明に、相賀も頷いている。

「つまりだ水神。いまのガイナスとの戦闘状態を我々は偶発的なものと考えてきた。しかし、火伏の仮説が正しいなら、ガイナスの視点では六七〇〇年前から既定のことだったのかもしれんのだ」

相賀の言葉に、水神は事の重要性がやっと腑に落ちた。じっさいガイナスは壱岐星を直接攻撃しようとさえしていたのだ。それが偶然ではなく、最初から決まっていたことなら、五賢帝との交渉にも影響しないはずがない。

「ただ今の話は、最悪の想定だ。じっさいは減速装置のコンピュータからどれだけの情報を読み取ることができるかだ。それで時系列がはっきりすれば、我々の為すべき対応策も見えてくる」

「出雲の統領府は危機管理委員会に説明したのか？」

水神の質問に、相賀は疲れたように目を閉じる。

「危機管理委員会への報告は統領府の判断で行う。だから、いつどういうタイミングかは要港部司令官の自分にはわからん。

第二管区の跳ねっ返りどもが馬鹿なことをしなければ、この件はもっと素直に進んだはずだ。

だいたい信じられるか？　危機管理委員会の議長が壱岐の執政官だから、播種船の情報を独占して主導権を握るなどという、子どもじみた動機でこの騒動は起きたんだ」

相賀は憤《いきどお》りを隠さないが、水神はそれほど意外とは思わない。壱岐星系でこそ部隊の緊張感は高いものの、後方である出雲に戻れば前線との温度差は確実にあった。それでもコンソーシアム艦隊はまだ危機感を共有できるのではあるが、ほぼ同じような組織にかかわらず、星系防衛軍ではガイナスとの戦闘は半ば他人事という認識だ。

じっさい水神や火伏などは、危機管理委員会や壱岐星系防衛軍では問題にならないが、出雲では「早すぎる昇進」が揶揄《やゆ》されることも珍しくはない。

出雲では、ガイナスを直接の脅威と考える人間は軍人でも少なく「水神はうまくやった」と言う人間さえいるという。そうした後方の空気を考えるなら、「壱岐の執政官が議長なのが気に入らない」という人間たちが徒党を組むのも、わからなくはなかった。肯定できる動きではないとしても。

とりあえず水神は、相賀に対して、タオ迫水からの問い合わせがあったことは伝えた。

「坂上さん、さっきから黙ってるけど、何を考えてるの？」

相賀は自身の先任参謀に尋ねる。艦隊司令長官でも後輩は呼び捨てにするこの男も、彼女だけは「さん」付けで呼ぶ。

「ガイナスって性能の低い宇宙船で恒星間を移動してますよね。もっとましな宇宙船を開発する余裕もなく、つまり取るものもとりあえず恒星間を渡ったように見えます。そんな連中に人類が近くの星系にいるのどうのって計画なんか立てられますかね？」

「坂上さんはどう思う？」

相賀はあくまでも丁重だ。

「彼らは敷島から逃げるのに精一杯だった。そういうことじゃないですか、単純に。なにかやばい奴が敷島にいて、播種船もそれを見て進路を変えた。ともかくガイナスを敷島から追い払った存在がいたわけです。

そういう可能性もあるんじゃないですか。まぁ、わかりませんけど」

「仮にそうだとして、我々はどうすべきだと思う、坂上さん？」

「減速装置のコンピュータが生きているなら、そこから情報を取り出すことです。うまくすれば五賢帝なりガイナスの天敵がわかるかもしれません」

坂上はさも当然そうに、相賀に指摘した。

＊

播種船の減速装置が出雲星系防衛軍第二管区で発見されたことで、彼らが建設した施設は出雲星系政府の管理下に置かれた。これと並行して殿上統領とタオ迫水危機管理委員会議長との頂上会談により、減速装置の管理について出雲星系の権利を認めつつ、その調査も危機管理委員会から星系政府へ委託するという形になった。

この処置により、出雲星系防衛軍第二管区は解隊され、第一管区がその業務を継承することとなった。つまり第二管区の末端部門は第一管区司令部の傘下に編入され、第二管区司令部はその司令官・幕僚を道連れに消滅した。

この場合の消滅は単なる表現ではなく、減速装置隠蔽に関わった幹部たちは銃殺こそ免れたものの、身分を剝奪され、軍刑務所に収監された。

その中で、第二管区に関係する外郭団体の多くも廃止されたが、安全組合だけは首脳陣の入れ替えが行われたものの組織自体は残っていた。新生安全組合の代表である組合長は香椎元中将であった。

香椎の就任には特に異論はなかった。多くの人間にとって、安全組合の総務部長がトップに就くのは順当な人事であり、階級的にも退役とはいえ中将が就任するのが適当と思われていた。

むろん軍刑務所に収容されている囚人には反対意見もあったが、そんな意見に耳を貸す者はいない。

基本的に第一管区の部隊運用の支援にあたる安全組合であったが、播種船の減速装置調査には一切関わらないことが明言され、政府などからも了承されていた。

そうしたなかで施設管理にあたったのは、ブレンダ霧島を長とする危機管理委員会傘下の研究機関だった。

とはいえ、ブレンダは複数のプロジェクトを統括する立場であり、播種船の減速装置調査に直接タッチできる状況ではない。適任者としてはキャラハン山田の名前も上がっていたが、彼も壱岐星系でガイナス巡洋艦の調査を指揮していた。

このため調査の中心が減速装置のコンピュータシステムということもあり、責任者にはマリソル会田《あいだ》が就くこととなった。

マリソルは第二管区が建設した施設ではなく、貨客船アガメムノンを接収し、スタッフの調査拠点とした。第二管区は秘密裏に調査を進めようとしたために、出来上がった施設はおよそ合理的な構造ではなかったのだ。

居住施設としては色々なものが整っており、幹部用モジュールなど四つも追加され、厨房施設も一般職用と幹部用がそれぞれ用意されていた。

にもかかわらず、シミュレーションに不可欠のスーパーコンピュータはなく、そのくせ事務用のサーバーだけは充実していた。

だからいますぐ調査を始めようとしたら、客船に各種機材を積み込んで拠点とするしかなかった。

ただ、どう考えても将来的な調査のために増員が必要なので、調査施設のモジュールを再配置し、豪華な幹部用居住モジュールや厨房を再活用することになるだろうが。

「播種船の船名は『五月の花』というようです」

マリソルの右腕とも言うべきスタッフのライアン陳《ちん》が報告する。二人は宇宙服を着用して、播種船の減速装置に八つあるシリンダーの一つに入っていた。

シリンダーの外見はすべて同型で、直径三〇メートル、長さで二五〇メートルあった。このシリンダーが差し渡し二五〇メートルの八角形に並び、減速装置となる。

表面はダイヤモンドで覆われているが、数千年にわたる宇宙線などの風化で結晶構造が壊れ、表層はグラファイトのようになっていた。

核融合炉が収まっている中心部は金属で、ダイヤモンドは核融合炉から効率的に放熱する目的であるらしい。八本のシリンダーは金属部材で結合されていた。梁でもあるこの金属部材には、放熱板としてダイヤモンドの薄板が結合していた。

そしてシリンダーの中心部には、大人二人が通過できる通路が一五〇メートルほど続いていた。二人が歩いているのは、その通路である。

「五月の花、変な船名ね」

宇宙船でもラベンダーとかアマリリスとか、五月に咲く花の名前を付けたものはある。もっとも、一年を一二に分割するという地球の暦の風習は人類社会でも踏襲されているが、正直、どうして一二分割するかの理由はよくわかっていない。

有力なのは地球で一二進法を利用していた時代があり、その名残というものだ。これ以外には地球の周囲に衛星があり、それが一ヶ月かけて公転していたという説もあった。

ただ、この仮説の条件を満たす衛星は惑星に比してとてつもなく巨大になり、コンピュータシミュレーションでも驚くべき幸運が続かないと成功しないため、ご都合主義的な仮説として今日では退けられている。

「新天地に植民するときには、宇宙船に五月の花と命名するようです。過去に五月の花という船があって、植民に成功したので、その幸運にあやかろうということらしいです」

「まぁ、播種船らしい名前ね」

ライアン陳によると、八個のシリンダーは一から八までの番号が船体に描かれていた。

数字は、シリンダーの核融合炉のある末端で、金属製の部分に描かれているという。ただし腐食が進んでおり、人間の目には見えない。レーザーレーダーにより微細な凹凸を読み取って、はじめて数字とわかるという。

「減速装置内で確認できた文字は、現在の我々が使っているものとほぼ同じです。ただ表音文字言語が多用され、表意文字言語の使用は限定的です」

「つまり教育水準の低い人間に合わせたってわけね？」

　マリソルの意見にライアンは首をひねる。

「素直に解釈すればそうなるんですけどね。でも、曲がりなりにも核融合機関の中核部分で作業をするなら高等教育を受けた人間でしょうし、ならば表音文字に固執する必要はないと思うんですよ」

　それを聞いてマリソルはある仮説を思い出す。

「地球人の言語は一つであり、播種船に記録されるデータも単一言語で記され、出雲で建設された文明社会の言語も一つであった。しかし、各星系植民が行われ、植民地がそれぞれの環境に適応した社会を建設する過程で、もとは一つであった言語は今日のような星系ごとの方言という形で分化を生んだ」

「そう我々は学校でも教わってきました。違うんですか、チーフ？」

「言語学者の中には、その定説に疑問を持っている一派がある。古いメディアの音声記録などを各星系で丹念に収集し、分析した人たちよ。

　それによると、地球人はそもそも構造の異なる複数の言語を使っていた。我々にはそんな社会は想像しがたいけど、そう考えられるそうよ。

播種船にもその複数の言語が持ち込まれていた。そして出雲での植民地社会も、黎明期には同様だった。しかし、あまりにも不便なために、植民地の第二、第三世代が、複数の言語を混交した一つの言語を作り上げた。

それが今日の人類の標準語の起源であるというのよ。表音文字をアルファベット、表意文字を漢字と呼ぶのは、その時代の残渣《ざんさ》みたいなもの。

ライアンは瑞穂の出身よね？」

「そうですが」

「瑞穂では、アルファベットのことをひらがなって呼ぶんですって？」

「というより、正確には、アルファベットのなかの一部がひらがなと呼ばれているんです。それが何か？」

「その説によると、アルファベットとひらがなはもともと別の言語だという話なの。アルファベットは七三文字あるけど、これは二つの系統の文字が混交した結果だというのね。大昔にはアルファベットは一二〇文字以上の時期もあったそうよ。

いまの説が正しいなら、船内に表音文字しかないというのは、特定の言語を中心に建造されたことを意味している」

そんなことを話しながら、マリソルも壁の文字を見る。核融合エンジンに近い部分は数字とアルファベット表記しかない。どうやら自分たちがいま通っている通路は、核融合エンジンへ燃料のペレットを供給するためのものらしい。

燃料がペレットだとわかったのは、核融合エンジンが爆縮型であることと、幾つかペレットの現物が残っていたためだ。ただし、内部の重水素の類はすべて抜けており、残っているのは凍ったシャボン玉のような外皮だけだ。

「それでですね、これが問題の小部屋です」

ライアンが案内したのは、核融合エンジン部とは反対側の先端部分であった。

「第二管区の陸戦隊が降下猟兵と戦闘となり、このシリンダーが戦闘現場となりました。

第二管区の技術屋たちも、シリンダーのコンピュータシステムをある程度までは起動させていたんです。もっともシステムの復旧というような次元ではなく、電源系統に通電したら、幾つかの基幹システムが稼働した程度のものですけどね。

戦闘はその段階で行われて激戦となり、籠城側が焼夷弾か何かを使ったために火災が起きました。

すると減速装置のシステムが作動して、消火作業を開始したんです。シリンダー内部の空気をすべて抜くことで。そういうプログラムだったんでしょう。乱暴ですが確実な方法です。その時に、この小部屋が見つかりました。この部屋の空気も抜こうとしたのでしょう」

そこは小さな空間だった。旅客機のコクピットほどの大きさだが、じっさい用途もそうしたものらしい。

内部には、金属パイプとバネを組み合わせた構造の、オブジェのようなものが四つあった。コクピットの操縦席らしい。本当はプラスチックやスポンジで覆われていたのだろうが、数千年の間に劣化して、単なる埃になったという。

埃の大半は船内の空気を抜いた時に宇宙に飛び散ったが、一部は残っており、その分析から、このオブジェが椅子だろうと推測されたのだ。

椅子の配置は前二つ、左右側面に一つずつで、それぞれの席の前には制御卓のようなものがあった。先入観なしでこの部屋の写真を見せたなら、一〇人のうち九人は操縦席と言うだろう。ただ、この操縦室らしい空間に窓はなかった。

「エンジン温度、放熱の何かの状態、主たる電源の電圧、電流、燃料の何かの量、現在位置、何かの時間、別の何かの時間、矢印の方向、回転、回転の何か……あぁ、けっこう読めるわね」

数千年閉鎖されてきた小部屋が操縦室とすると、制御卓と思われるパネルには、そうした文字が刻まれていた。今日でも使われている単語が多かった。

表意文字はほぼ見当たらず、どれもアルファベット表記だ。そして文字の下には、並び方の異なる点状の突起があった。その並びには法則性があるようだった。

おそらくは照明が使えない状態でも、パネルの突起を指で読み取って、何の計器であるかを判断するものと思われた。

制御卓にはまた、それぞれのデータを表現するらしい三〇センチ四方くらいの窓が四つあったが、そこに表示されるのが文字なのか、グラフなのかはわからない。

ただ、普通は正面の壁面にあるだろう大型モニターは見当たらなかった。

「この部屋は本当に操縦室なの？　情報を受け取る機能はわかるけど、システムを操作する機能が見当たらない。ボタン一つないじゃない」

マリソルの問いかけをライアンはむしろ待っていたらしい。彼が得意げに宇宙服の手首の汎用リモコンを操作すると、制御卓のモニターが稼働する。

宇宙船には燃料もなければ核融合炉も止まっているため、ほとんどの表示が0を表示している。

「減速装置が八個の独立したシリンダーで作られているのは、噂通り、出雲で文明再興後に、星系内を移動する核融合宇宙船を提供するという意図があったようです。

ただ、技術文明がある段階まで到達しないと操作できないような手段が講じられていたようです。

宇宙船の構造を理解し、システムを解析できる段階に達したら、規定の操縦装置により宇宙船を操縦できる。一度に八隻の高性能宇宙船が手に入るわけです。

逆に、システムを理解できない人間は、適当にボタンを触って装置を動かすことができない。理解せずに装置を動かせないので、装置が壊れることも避けられる」

「ある種の知能テストみたいなもの？」

マリソルには、それがかなり重要な事実に思われた。播種船の設計者たちは、入植した人類が高度な文明社会を構築するなどとは考えていなかった。

それどころか植民地社会の技術水準は低下し、地球由来の知識も失われるという前提で、こうした機構を組み込んでいたのだ。

それはつまり地球社会には、そうした惑星植民の経験があったということだろうし、なかには技術文明の構築に失敗した社会もあったのかもしれない。そんなマリソルの考えを読んだかのように、ライアンは続ける。

「知能テストというより、むしろフールプルーフだと思います。これを設計した奴は、播種船の植民地世界で、技術文明の知識が継承されるということを信じていなかった。

そして植民地社会に正しく情報が伝わらない場合に、貴重な宇宙船を壊さないようにする必要があった。だから構造を理解するまでシステムへのアクセス手段を封じた。

この設計者を底意地の悪い奴と考えることもできますが、事実はその底意地の悪さが正しいことを示している。情報は世代を経る間に忘れられて、減速装置の解析どころか、その存在さえ伝わっていなかったわけですよ」

減速装置の発見以降、出雲入植の歴史は三、四〇〇〇年前から六、七〇〇〇年前まで大幅に遡る説が優勢になっていた。四〇〇〇年説は、部分的な伝承を継ぎ合わせて一つにまとめたものであるため、かねてより批判はあった。

さらに人口増加シミュレーションや工業技術史的な解析などで、四〇〇〇年でも短すぎるという反論が、減速装置の発見で説得力を持ち始めたのである。

「ライアン、宇宙船が稼働するなんて報告は受けていないわよ」

「そりゃそうでしょう、稼働しませんから。コンピュータは可動部のない集積回路なので復活できましたが、核融合炉の方はコンポーネントが劣化して修理しないと稼働しません。修理は可能ですが、どうやら設計者の想定を超えた長期間、我々はこれを発見できなかったようです」

「それでも核融合エンジンの性能から減速方法はわかるでしょうし、そこから播種船のデータは割り出せない？」

ライアンは首を振った。

「エンジンの性能は明らかですが、どれだけ減速したのかがわかりません。つまり燃料タンクも捨てられているからです。どうもこのシリンダーの他に、大量の燃料タンクが付属していた可能性があります。

残っている八個のシリンダーに同じ大きさのシリンダーをさらに六本束ねても、このモジュールに収まります。

つまり減速装置が播種船本体にどういう形で結合し、どう減速を行ったのかによって、数字は著しく違ってきます。減速シーケンスだけでなく、播種船の大きさそのものも。

それにエンジンの問題にしても、播種船は減速に関してエンジンを限界まで酷使した可能性があります。それでも減速の条件が変わります。

結論として核融合エンジンは、播種船の性能を推測する傍証にはなっても決定打にはなりません。ただ」

「ただ、何なの？」

「コンピュータのログを解析すれば、エンジンをどう稼働させたかがわかります。燃料消費量とエンジンの稼働時間、さらには加速度の変化から播種船の総質量も割り出せるかもしれません」

マリソルにはその話が今さらな気がした。

「ログの解析は、第二管区がここを独占していた時にやったんじゃなかったの？」

マリソルの通信機にライアンの失笑が聞こえた。

「ログの解析なんかできてませんよ。奴らの言う、播種船が敷島星系で減速を試みて中断したとか、針路変更して出雲で減速を完了したなどという話に根拠はありません。

読み取った数字を十分に解析しないで、自分たちの想像で補ったというのが真相のようです」

「そう言える程度には、解析が進んでいるのね」

「いえ、今の話は第二管区の連中からの取り調べで明らかになりました。技術者たちは入手データが不完全だとわかっていたそうですが、上からインパクトのあるデータを求められたので、データを脚色したってことですよ」

さすがにマリソルもそれには驚いた。

「技術者なのに、そんな一時凌ぎが長続きすると思ったの？」

「それは第二管区全体に言えますよ、チーフ」

そしてライアンはマリソルの視界に、敷島から出雲に連なる星系の立体配置図を表示する。

「現時点で解析できているコンピュータのデータには、絶対時間の表示がありません。播種船のシステムの中で、減速装置はサブシステムなので、運行管理の完全な記録はメインコンピュータが管理し、減速装置そのものには制御コンピュータのローカル時間の記録しかありません。

ですから作業1に一日かかって、作業2に二日かかっても、作業全工程で三日かかったことはわかりますが、作業1から作業2までの時間経過はわからない。一〇〇年かもしれませんし、一〇〇〇年かもしれない」

「作業時間の記録しか残さないとは、不思議なことをするものね」

「とも限りません。地球人たちが減速装置と名付けていたわけですけど、この装置は目的地に到着した時の減速だけでなく、軌道修正にも用いられていたようです。

　核融合エンジンの耐用年数にも限度はありますから、何日駆動したかを記録して、最終的な減速作業に支障を来《きた》さないようにしていたようです。

　播種船を停止させる減速作業では、核融合エンジンにかなり負荷がかかったと思われます。

　地球人は、出雲に植民した人類がこの核融合炉から宇宙船を作れるように用意したと言いましたが、そうやって稼働できた宇宙船の寿命はそれほど長くない」

「自前で修理できるようになって一人前認定されるわけか」

　話を聞けば聞くほど、地球人は自分たちが学んできた歴史のように植民地の文明の発達など信じておらず、低いレベルからの再構築と、地球の科学技術の知識さえ失うことを予想していたらしい。

　人類は出雲に植民して三、四〇〇〇年と信じられてきたものが、じつは六、七〇〇〇年前に遡る可能性が高くなった。この一事をもってしても、知識の伝承の難しさがわかる。

「しかし、重要なのは播種船が敷島に接近して、その文明を探知したのかどうか。あるいは、その時点で敷島に観測可能な文明が存在していたのかどうかよ。

いままでの話はかなり悲観的な材料ばかりだけど、陳の様子ではまったくお手上げでもなさそうね？」

ライアンの表示した映像が動き出す。それは播種船の航路であるらしい。

「さきほども言ったように、減速装置の運転記録は、機器のメンテナンスのためのものです。ですから、どうやら定期的な大規模メンテナンスごとにログがリセットされていたようです。

つまり減速装置に残されているログは、出雲に到達する比較的近傍の出来事だけです。出雲までの減速とそこに至る軌道修正の記録はあります。それによると、たしかに播種船は銀河の中心方向から辺縁部に向けて飛んでいました。

また出雲への減速に関する情報が詳細なので、それ以前の軌道修正について、ある程度絞り込めます」

「播種船の大きさも性能も未知数なのに？」

「それらが不明なのは、それほど重要ではありません。どれだけの期間、どれだけ減速したかだけはわかるということです。

極端な話、この減速装置と同じものを三つ四つ束ねていた可能性だって考えられます。逆に極端に小さな宇宙船の可能性もある。ログと一致する播種船とエンジンや、燃料搭載量との組み合わせは幾つもあるんですよ。

それでも減速装置の大きさから考えて、総質量五〇〇万トンから一〇〇〇万トンの間だろうとは思いますが。大半が燃料です」

ライアンの表示したモデルでは、播種船は敷島星系にかなり接近しているが、減速などまったく行っておらず、通過後に軌道修正を行って出雲星系へと向かっている。

軌道修正といっても、数十光年単位の話であるから、修正量はわずかだ。その少しの修正でも長年の間に蓄積し、大きな軌道の違いとなる。

「このモデルは正しいの？」

マリソルの疑問を予想していたように、ライアンは立体図を拡大する。

「敷島を通過後に、どうして播種船は周防ではなく出雲に針路変更したのか？　距離にして七光年は節約できるのに？　そういう疑問ですね」

「それ以前の疑問。敷島を避けようとするなら、なぜ最初に敷島に接近したのか？　矛盾じゃないの？」

「正直、わかりません。播種船のＡＩの判断ですから。ただログを解析して数値が合わない点が見つかりました。減速装置を軌道修正などで何度か作動させているのですが、減速前後で速度の数値が合わない部分があります。何かの理由で、加速したのでしょう。

播種船にはメインエンジンは別にあったので、数値の不整合はそれで説明がつきますが、問題は加速時期です。

第二管区は、播種船は敷島星系で一度減速したと言ってましたが、それは間違いです。減速どころか、むしろ加速しているんです」

「加速ってなぜ？」

「それは本体のメインコンピュータがないとなんともいえません。単純に考えるなら、接近中に敷島星系に文明を発見し、それを観測した後に、可能な限り離れるために加速し、針路変更を行ったためでしょうか」

ライアンの仮説は筋が通っているようにマリソルも感じたものの、何かしっくり行かない感覚があった。亜光速で移動していたはずの播種船が、どこで敷島星系の文明の存在を察知したのか？　そしてその文明はどんなものだったのか？　播種船のＡＩが何を認識し、どのような判断を下したのかが不明なら、加速した理由もわからないのではないか。

じじつライアンも、播種船が敷島星系から逃げるために加速したという自分の説に納得していないらしい。

「まぁ、亜光速で移動する宇宙船から、敷島の文明をどうやって観測可能かは疑問が残ります。通過時間もわずかですし、存在を知ることはできても、それ以上のことがどこまでわかるか。

あるいは加速したのは、敷島星系を最短時間で通過するための行動とも考えられます。惑星配置の状況にもよりますが、梅花《ばいか》や桜花のようなガスジャイアントで燃料補給を試みた可能性も否定はできません。

はっきりしているのは、敷島星系からの針路は変更されたが、決して減速は行われていないことです。減速しようという兆しもありません。

こうした事実から考えると、播種船の入植目的地には敷島星系はそもそも含まれていなかったと考えられます」

「最初から出雲星系を目的地と考えていたということ？」

マリソルの質問に対して、立体映像にもう一つの軌道が描かれる。それは敷島星系とも播種船とも無関係に思えた。

「限られた情報から判断すれば、敷島への植民は試みられていない可能性が高いです。最前から敷島星系に接近したと言いましたが、具体的にどこまで接近したのか、それも実のところわかりません。

なぜならば、播種船が接近した時の敷島星系の惑星配置が不明であるからです。もう一つ問題なのが、近傍の連星系である伊王《いおう》の存在です。追加したのが伊王の軌道です。播種船が、いつ敷島星系に最接近したのかがわからないので断定はできないのですが、六、七〇〇〇年前の伊王の軌道は、現在より敷島星系にかなり近い。このことも播種船の航行に影響したはずです」

ライアンの説明はマリソルにも理解できたものの、肝心の問題解決には情報が極端に乏しいことに違いはない。

播種船が通っただろう航路こそ予測できたものの、敷島文明を感知できたのかどうか、それはいまだに謎のままだ。

「とりあえず、ここまでの内容は上に報告する。あなたは播種船がいつ敷島星系に接近したのか、もっと精度の高い結果を出して。

必要なら八つあるシリンダーの一つくらいは分解できるよう、上に掛け合ってみるから」

さすがにライアンもマリソルの提案には驚いたらしい。

「チーフ、これ、文化遺産ですよ、解体してどうするんです！」

「それによって人類史が手に入るなら、解体する価値はあるでしょ」

＊

マリソルとライアンによる播種船減速装置の分析に関する第一レポートは、まず機動要塞へと送られた。敷島星系の当事者であるとともに、そこで何かの傍証となるデータが得られることを期待してだ。

降下猟兵旅団司令部のシャロン少将にとっては、美和でのゴートとの接触があったばかりの時に、このレポートであり、状況を整理するための関係者の招集だけでも時間を食われることとなった。

　とはいえ、旅団長が休まないと部下たちも休めないので、残業なしの定時勤務を励行していた。八時間交代の三直体制ではあるが、それ以上の負荷はかけない。

　それはシャロンの読みとして、このミッションがかなりの長期化を強いられるとの判断がある。

「長期持久が避けられないなら、指揮官が考えるべきは、人員の消耗を如何に抑えるかだ」

　旅団長附としてマイア少尉は、そうしたシャロンの考えを何度となく耳にしていた。じっさいシャロンの危機感はマイアにはよくわかる。

　ガイナスから始まって、いまはゴートの案件を抱え、さらに惑星敷島には独自の文明があるらしい。その文明の担い手にはスキタイというコードが割り振られているが、ゴートとの関係もわかっていない。状況証拠は同一種族ではない可能性を示唆しているが、直接的な証拠はまだない。

　おそらくガイナス、ゴート、スキタイとの関係が何かわかれば、一蓮托生《いちれんたくしょう》で謎が氷解すると思われたが、その何かはわかっていない。見つけ出す目処《めど》さえ立っていない。

　そこにマリソルレポートである。播種船が出雲星系より先に敷島星系の近くを通過したらしいという報告は、まさにガイナス船団が敷島を出発した時期とほぼ同じらしいことを示唆していた。

　ただ時系列までは不明であり、単なる偶然の可能性もあった。敷島星系に異変があり、文明が衰退してから播種船が通過したかもしれないし、文明の最盛期に通過した可能性もある。

「マイアはどう思う？」

　シャロンはスカイドラゴンの旅団長私室にいた。旅団長ともなると宇宙船内でも私室は充実しており、リビングと寝室は別であり、小さいがキッチンも付いている。

　そのキッチンで料理を作るのは、マイザー・マイアその人であった。料理など主計が用意するものだが、シャロンは時々、マイアに作らせる。

　主計兵にも休息が必要という理由だが、旅団長附に休息が必要という考えはシャロンにはないらしい。

　もっとも、作った料理を人生の伴侶となろうかという相手が美味いと言って食べてくれるなら、なんで多少の手間を惜しもうか、とマイアは思うのだ。

「播種船が敷島に止まらなかった理由ですか？　合理的な解釈は一つだと思います」

　そう言いつつ、温度計とタイマーを見ながら、マイアは一番出汁《だし》をとる準備をする。一番出汁でだし巻き卵を作り、二番出汁で煮物を作る。その頃にはご飯もいい塩梅《あんばい》に炊きあがるだろう。それがマイアの段取りだ。

「解釈は一つとは、大きく出たわね。何十人という専門家が頭を抱えているのに」

「考えすぎなんですよ、みんな。大昔のＡＩの判断じゃないですか。そんなの条件反射レベルのもんですよ、もっと単純に考えないと」

時間になったので鍋の昆布を取り出し、用意している鰹節を入れる。そして頃合いを見て、濾《こ》し取る。

昆布は地球由来のものが出雲の海洋に外来種として定着したものだが、カツオは出雲由来の魚類で、味が地球の鰹に似ているらしい。とはいえ、誰がどうやってその判断を下したかはわからない。ただ、その出雲カツオで鰹節は作られる。

「いい出汁が取れたみたいね」

リビングからシャロンが言う。

「わかります？」

「良いものは香りでわかる」

将校の個人情報は原則非公開なので、じつはマイアもシャロン紫檀の経歴を知らない。シャロンも士官学校以前のことは語ったことがない。

ただ降下猟兵などという荒っぽい連中を、その力量で束ねる強面《こわもて》の指揮官は「人類コンソーシアム最凶の女」と呼ばれていたことさえある。

だがマイアは私生活も共にするうちに、じつはシャロンは深窓の令嬢だったらしいと確信するようになった。それは食事のマナーやらちょっとした仕草に現れた。見落とされがちな小さなことだが、マイアにはわかる。いまの出汁の香りのように。

「それで単純な解釈というのは？」

「播種船は最初は敷島に向かっていたんだと思います。ただ亜光速で進んでいたので、宇宙船視点からは、敷島からの情報は圧縮されて届くように見える。

　どこの段階で文明を発見したかわかりませんけど、電波か何かを傍受していたとしても変化が激しいわけです。ざっと光速の半分で一六パーセントほど圧縮される感じですかね。

　文明の崩壊過程を短縮版で観測していた。そして播種船は敷島文明が崩壊すると予測した」

「だったら、そのまま敷島に向かい、植民活動に入るんじゃないの？」

「ですから、文明が崩壊した直後の敷島は、生命の存在が困難なほど環境破壊が進んでいた。敷島の近くでそれがわかったから、ＡＩは進路変更した」

「つまり突き詰めれば、播種船の針路変更の問題は、観測システムの能力の問題だと言いたいわけか？」

　マイアは必ずしもそう考えたわけではなかったが、確かに指摘されれば、そのとおりだ。

「そうなりますか。

　旅団長は、どう考えているんですか？」

マイアはそう言いながら、だし巻き卵用の出汁を小分けして冷ます。ふわっとした感触には温度管理が重要だ。

「そもそも播種船計画そのものが矛盾している」

「矛盾ですか」

マイアは自分が賢いほうだと自惚《うぬぼ》れている自覚はあるが、それもシャロンと話すまでだ。この人の頭の回転には、到底自分は及ばない。何を言っているか理解できないことも、よくよく聞けばちゃんと筋が通る。そんなことは日常茶飯事だ。

「いいか、地球人に何があったか知らないが、自分たちは異星人に侵略されるという強迫観念を抱いていたらしい。だから播種船を作り上げ、遠くに人類の植民地を展開し、異星人が地球侵略を行うときに、それを地球の手前で阻止する防波堤を築こうとした。

その前進防衛のための植民地を建設すべく、幾つもの播種船が送られた」

「教科書にはそう書かれてますね」

「おかしいとは思わないか。播種船の進路は問わないでおこう。地球の位置を秘匿する意図があったとも説明できるからな。

問題はだ、マリソルレポートによれば地球人類は、播種船が展開する植民地の技術水準が著しく後退すると考えていたことだ。

たとえ地球から数多くの文明の所産を与え、知識も伝承したとしても、それらを継承するだけの蓄積も人口も足りないために、家畜を使い、蒸気機関を再発明するレベルからやりなおさねばならない。

　我々にしても地球からの知識で試行錯誤は最小限度で済んだとはいえ、家畜から蒸気機関、内燃機関と技術を積み上げねばならなかった」

　それはマイアも学生時代に感じていた。地球から持ち込んだ機械類は壊れたが、黎明期の出雲の人間にはそれを修理できなかった。

　集積回路などを製造できるようになるまで、真空管からやり直すはめになったのだ。なぜそんな無駄なことが必要か、彼には理解できなかった。

「減速装置が発見される前なら、それは人類の植民地建設の経験不足といえた。しかし、あの減速装置は、植民活動における文明の衰退が不可避なものと考えていたことを示している。つまり地球人類には植民地建設の経験があったことになる。

だとすれば、異星人の侵略に備えるために恒星間を越えて植民地を建設するという方法は馬鹿げている。知られている歴史でも三〇〇〇年以上、もしかしたら出雲の入植は七〇〇〇年前になるかもしれない。

　そんな悠長な防衛線を建設する奴がいるか？　一〇〇〇年、二〇〇〇年かけて宇宙艦隊でも建設したほうがまだ合理的だ」

　シャロンの話に、マイアの料理の手が止まった。いまの仮説は、下手をすれば人類社会の前提を根底から覆しかねない。

「我々の歴史は全く信用できないかもしれない、ということですか？」

「それは飛躍しすぎだ」

シャロンはいつの間にか、キッチンの前に立っていた。

「信用できない歴史もあれば、事実の裏付けがある歴史もある。歴史の見直しとは全否定じゃない。事実を弛《たゆ》まず積み重ねる、それは永続的な運動なの」

「事実の積み重ね……どうやって」

「小さなことの積み重ねだ。日常レベルのな。

わかりやすく言えば、とりあえず自分は空腹で、あなたの料理は美味く、二人の食事は楽しい、それは事実だ」

「待っていてください、もうじき我々の歴史ができますから」

7 SSX3

「潜水艦を建造すると中隊長は言ってましたけど」

捜索中隊第八分隊長のフィアナ・マルグレン准尉は、軽巡洋艦カシマの鍋島直茂艦長にそう答えた。カシマはいまも衛星美和で、墓所の直上である静止軌道にいた。

美和の降下猟兵は風間中隊長の命令により、一部については軌道上のカシマで待機していた。

正確に言えば地上部隊の兵力削減だ。地上に降ろしたシャトルだけで全員が脱出できる規模まで、兵力を減らしたのだ。こうした風間の采配により、フィアナの分隊も先ほど戻ったばかりだ。

基地はそのまま設営されており、美和から完全撤退するという動きはない。ただ万が一に備えているということらしい。

降下猟兵の動きはどうなのか、鍋島にはあまり情報が入ってこなかった。もちろん作戦が具体化すれば情報は共有されるが、諸々の検討段階についてはその限りではない。

指揮官の負荷を減らすために、不必要な情報資料は届かないようにするのがデータリンクの機能の一つである。とはいえフィルタリングするＡＩはそれでいいかもしれないが、人間である鍋島はそこまで割り切れない。

何しろ予想外の任務の連続なのだ。降下猟兵が何を考えているか、事前に知りたいのが人情ではないか。

フィアナは、帰還した降下猟兵たちの先任下士官であるという。ならば何か知っているはずと鍋島は考えたのである。

「潜水艦を建造するって……機動要塞で？」

確かに潜水艦に対しては潜水艦というのはわかるが、よもや機動要塞で建造とは思いもよらなかった。

「生命維持装置などは警備艦のモジュールを転用しますし、海洋天体ということで、真田博士がデータとして用意なさっていたようです。

機動要塞建設用の３Ｄプリンターで船体を作るとか」

輸送できるのかという愚問は鍋島も口にしない。輸送艦のカーゴベイに収まる設計なのだろう。

「武装しているのか？」

「さぁ、そこまでは小職にもわかりかねます。でも、非武装じゃないんですか。真田さんも魚雷やミサイルの設計図面は持ってないでしょう」

「まぁ、持っていたら驚きだな」

鍋島もフィアナの話に納得したものの、非武装という判断が的確かどうかまでは何とも言えなかった。


衛星美和の墓所に潜水艦が現れてから、その翌日には地上の降下猟兵のカシマへの移動がはじまった。最終的に地上に駐屯するのは、当面は二個分隊だけとなる。

この撤収作業は、ゴートに対して人類は領土的野心がないことを誇示する意味もあり、最終便で第八分隊のフィアナたちがカシマへ収容されるまで、じつに一週間の時間をかけた。

この一週間というもの、静止軌道上で降下猟兵を警護している軽巡洋艦カシマの鍋島艦長にとっては、緊張を強いられる日々が続いていた。

ゴートの潜水艦にどう対応するのか？　この問題へは機動要塞で対応策が検討されているという。ただ鍋島にとっては、それらが具体化するまでは気が抜けない日々が続くことになる。

潜水艦相手に軽巡で何をするのかというのが一番の問題だ。軌道上から問答無用で破壊するわけには行かないのだ。それに宇宙船には効果的な対潜兵器はない。

地中貫通爆弾はあるが、あれは逆に強力すぎる。自分たちの最終目標としては、ゴートと何らかの意思の疎通を図りたいのだ。潜水艦を破壊しては良好な関係は築けまい。

接触の過程で武力を誇示する必要が生じる可能性もあるが、オーバーキルなど逆効果だ。

そもそも、静止軌道からのレーザー光線照射で潜水艦にどこまで効果があるかは疑問だ。

レーザー光でも遠距離では拡散するし、潜航されては完全に無力だ。

結局できるのは、地上の降下猟兵たちの撤退支援までだ。ただ撤退ばかりでは意思の疎通は図れない。

ゴートとの接触が重要なのは、彼らの祖先が壱岐に侵攻してきたガイナスの正体であると考えられるからだ。だからゴートからガイナスについての情報を入手し、五賢帝との交渉を有利に進めるのだ。

　遠回りだが、あくまでも全面戦争を回避しようとすればこうした手段によるしかない。

圧倒的艦隊戦力でガイナスを一掃すればいいという無責任な意見はあるが、危機管理に携《たずさ》わる専門家でそうした意見に与《くみ》するものはいない。

　圧倒的な艦隊戦力という認識が正しいかどうかという問題もあるし、ガイナスの技術と急激な生産力を考えたなら、掃討作戦を完璧に成功させない限り、泥沼の武力闘争を続けなければならなくなるのはまず間違いない。

わずかでもガイナス兵を残したならば、何年後かに億単位のガイナス兵が壱岐星系を武力制圧する可能性さえある。何しろ相手は、集合知性段階になるまで意思の疎通が不可能な知性体なのだ。

つまり掃討作戦は完璧な成功を実現しなければ、全て失敗なのだ。そして失敗後のリスクはとてつもなく高い。

したがって集合知性が壱岐星系でガイナス兵を管理しているいまこそが、事態を納得できる形で解決するチャンスなのだ。

その交渉で人類がガイナスに先んじるためには、ゴートと接触し、過去に起きた文明衰退の原因を含め、情報を収集する必要がある。

噂では、ゴートと友好関係が築けたならば、五賢帝のいるガイナス拠点を敷島星系に移動する案もあるという。そんなことが可能かどうかはわからないが、それでガイナスと綺麗に縁が切れるなら、コストはかかっても良策かもしれない。

しかし現実は、生きているゴートを目撃した程度で止まっている。あちらから接触してきたというのは大きな前進とも解釈できるが、コミュニケーションの最終目標を考えると前途多難だ。

じっさい衛星ＯＳ18の警備艦ビートニクスは、すでに機動要塞へと移動していた。ゴートとの接触が予想される中、不測の事態に備えて、美和の軌道上には軽巡カシマ以外の宇宙船はない。

降下猟兵の大半さえもカシマの艦内に収容されている。結局、ゴートの潜水艦が予想外の存在であったために、準備不足を認めざるを得ないのが現状ということだ。

そうした時に鍋島は、フィアナから機動要塞での潜水艦建造という計画を知らされたのであった。

「潜水艦を建造したとして、操船は降下猟兵が？」

フィアナはそれに対して首を振る。

「うちの中隊の誰に操船できると言うんです？　真田さんのスタッフが動かすことになるそうです。経験があるとかで。

黒崎さんも潜水艦というか、潜航艇の操縦経験あるそうですよ。海洋調査のために」

「でも、武器はないんだろ？」

「真田さんによれば、必要ないだろうという話です。ゴートの潜水艦を分析したデータによると、あちらも非武装の可能性が高いので、攻撃されないだろうという話です。

外見上、そうした武装は見当たらないし、そもそも美和にゴートしかいないのに、武装を持たせる理由がないとのことです」

「科学者の意見はそうだとしても、君はそれでいいのか？」

フィアナは肩をすくめる。

「軍人としては、命令されたら従うまでです。武装するかどうか、それを判断する立場にはおりません。それに」

「何だ？」

「艦長ならおわかりと思いますけど、武器の搭載は法的に厄介ですよ。

たとえば潜水艦にミサイルを搭載させるにしても、武器管理の権限の問題が生じるじゃないですか。それをクリアして武装を施しても、今度は武力行使を誰の権限で行うかという問題が生じます。

ゴートの潜水艦相手に攻撃するというのは、小職の私見ですが、危機管理委員会の判断を仰ぐべき問題です。それを現場の指揮官に委ねる決定がされたとして、今度は潜水艦の艦内編制という問題が続きます。

潜水艦を運用できるのは文民である真田博士のスタッフです。敷島に派遣されている軍人は宇宙船運用には長《た》けていても、潜水艦を運用できる人間はいません。

軍人だけど潜水艦の素人に艦を運用させるか、潜水艦には長けている文民に武器の使用を認めるか」

「だとしても、両方乗せるとか解決策はあるだろう」

　フィアナは鍋島に耳打ちするように顔を近づける。

「ここだけの話ですよ。真田さん、過去に小型潜水艦で治安戦に協力して、降下猟兵の移動を行ったことがあるらしいんです。調査用の潜水艦で。
だけど作戦がまずかったのか、色々あったらしいんですね。勝手に武器を装備されて、それがトラブルを起こして、作戦自体は成功したけど潜水艦は大破。指揮系統もカオスだったとか。

　ともかく艦隊か政府かわかりませんが、潜水艦はそちらの賠償金で新造したそうです。そんな経験があるので、武装なし、軍人なしで行きたいらしいんですね、真田さんは」

　海洋天体学というマイナーな分野の研究者として、真田が色々と苦労してきたという話は鍋島も耳にしていた。軍の工廠《こうしょう》で作業員のバイトまでしていたとか、そんな話だ。

　しかし、降下猟兵とそんな仕事をした経験があったとは。真田は捜索中隊とは、妙に距離をおいている印象があったが、その理由はこの辺にあったらしい。

「ただ真田さんも、ヤラレっぱなしでいるつもりもないようですよ」

「やっぱり、爆弾でも乗せるのか?」

　フィアナは拳を壁に打ち付ける真似をする。

「衝角です。船体の先端を尖らせて、いよいよとなったら、それで体当りするそうです。ゴートの潜水艦の耐圧殻の強度は割り出したので、可能らしいです」

「衝角なんか、効果あるのか？」

「真田さん、例の潜水艦が大破した理由はそれらしいですから」

フィアナの話に鍋島も、どんな顔をすべきかわからなかった。戦術ＡＩが警報を通知してきたのは、そんなときだった。

「敷島の宇宙船三隻が接近中です」

その警報はフィアナ准尉にも為されたようで、彼女の表情も変わる。

「スカイドラゴンに情報転送。指示を乞う」

鍋島は戦術ＡＩに命じる。

戦術ＡＩは一天文単位後方のスカイドラゴンに転送すると、宇宙船の映像を表示させた。遠距離であるため画像補正しないとわからないが、立てた皿のような形状は確かに惑星敷島の宇宙船だ。横一列に三隻いる。

すでに惑星桜花の外周軌道に入っているようだが、減速は続けている。

宇宙船の目的地ははっきりしないが、戦術ＡＩの予測では、桜花の衛星軌道の内側に入り、そこから衛星美和に上昇しながら追いつく形で接近し、その周回軌道に乗れるという。現下の状況ではこの軌道を選択する可能性が高く、その場合の美和への到着時刻は六時間後と割り出された。

スカイドラゴンからの返信は一〇分後にあった。一瞬、通信が光速を超えたのかと鍋島は思ったが、そうではなく返信より先にスカイドラゴンはカシマとの合流を決断し、AFDにより美和の静止軌道より高い位置に遷移していたのだ。

「地上の降下猟兵はPAT着用のまま、基地に集結せよ。カシマは現状で待機し、直上からの脅威に備えよ。

　スカイドラゴンは、未確認飛行物体に対して、適宜、その対応を行う」

　いつもながらシャロン紫檀の決断は迅速だった。

「未確認飛行物体って、敷島の宇宙船ですよね？」

　フィアナはその表現に違和感を覚えたらしい。だから鍋島は簡潔に説明する。

「正体不明の物体から攻撃を受けたら、即時、スカイドラゴンが反撃する。そういうことだよ。未知の脅威と判断しましたってことだ。

　旅団長は、この宇宙船団をそう判断した。そこから先の行動について、責任は自分で負うと言ってるのさ」

「それは旅団の全員が理解してますよ？」

「だからフィアナ准尉、旅団長はその判断を自分が行ったと、記録してるんだよ。ここから先の行動は、すべて異星人の反応を知るための資料になる」

　そして人類が滅亡しない限り、これは歴史の記録でもある。旅団長ほどではないにせよ、ここから先は艦長たる自分の判断も資料として記録される。

鍋島は、自分もその歴史記録の当事者の一人というのが信じられない。士官学校に入ったのも、艦長になって軍艦を動かしたいからだった。

彼に限らず同期の連中の多くがそうであったし、また士官学校の生徒たちは自分が異星人と戦う可能性をほとんど信じていなかった。すでに人類は複数の星系に広がっているというのに、異星人の痕跡すら発見されていない。

宇宙の広大さを考えたなら、どこかに異星人がいるとしても、それと自分たちが遭遇する可能性は極めて低いだろう。そう考えていたにもかかわらず士官学校に入学したのは、社会的なステータスのためだ。

艦長ともなれば、軍の高官だ。鍋島も軍歴を重ねるにつれて、士官学校に入学した時と目指すところは同じながら、その目的が変質してゆくことを感じていた。それが大人になるということだと。

その意味で鍋島は、自分は能吏であるとしても、けっして英雄の類にはなれないだろうと思っていた。データベースの記録に残っても、歴史には残らない凡人だと。

だがガイナスの侵攻がすべてを覆《くつがえ》した。自分は昔も今も同じなのに、状況が否応なく自分を歴史に残そうとする。しかし、状況には逆らえないとしても選択肢はある。

自分の判断と決断により、自分は英雄にもなれば、愚か者にもなり、さらには卑怯者にさえなってしまう。

すべてが未知の状況だ。英雄としてより愚将として名を残す可能性のほうが高い。だがそれでも卑怯者だけは避けられよう。鍋島は最低限度、それだけは堅持しようと思っていた。

その間にスカイドラゴンは活発に動いていた。ブースター付きの探査衛星を射出し、宇宙船に接近させようとしていた。

探査衛星は美和から見て、スカイドラゴンの位置が近点になるようにブースターによる加速を行っていたが、遠点はかなり美和から離れた位置になる。

ただ、この機動を行うことで美和の軌道に入ろうとする三隻の宇宙船と合流し、その近くで観測できる軌道に乗れるようだ。ブースターの出力には余裕があるので、ある程度の軌道修正は可能だろう。

「衛星情報によっては、降下猟兵の収容を行っても構いませんね？」

鍋島はシャロンにデータリンクで問いかける。可能性は低いが、この宇宙船と戦闘状態に陥った時に、墓所の上空にとどまりながら地上の降下猟兵を守るのではこちらが不利になる。その場合には地上の彼らを収容する必要がある。

自分も艦長として一国一城の主《あるじ》である。こうした判断までシャロンに委ね、すべての責務を負わせるつもりはない。

「降下猟兵の収容の判断は、旅団長としてカシマ艦長に委ねる」

シャロンからの返答はそれだけだ。しかし、それで十分だ。

カシマは静止軌道上にいたが、武力行使ではできることが限られていた。しかし、情報支援でできることは多い。

宇宙船の基本性能として、墓所周辺の赤外線源の動きや、レーダーにより氷の下の動きを探知することは可能だ。

基本的に宇宙空間用のセンサー群であるから、前回は潜水艦については青天の霹靂《へきれき》だったが、存在するとわかったいまは対応策はとれている。だから次に現れるときは、不意打ちを食らうことだけはない。

鍋島の懸念は、敷島の宇宙船と美和の潜水艦が連携している場合だ。つまりゴートの潜水艦浮上のあとに敷島から宇宙船が発進した可能性がある。それは偶然かもしれないが、例えば美和から敷島に支援要請がなされないとも限らない。

この場合、敷島からの宇宙船が到着するタイミングで、潜水艦が再び現れることも考えられる。

現状は軽巡洋艦カシマが墓所上空の制空権を確保している形だが、潜水艦が地上で何かの作戦行動にでるとき、制空権をカシマから奪おうとするのは教科書どおりの展開と言える。

しかし、敷島からの宇宙船が接近を続けるにもかかわらず、海には何の変化もない。

「潜水艦は連動していないんじゃないですかね」

地上部隊が作戦を展開するとしたら、どれだけの時間的余裕が必要か？　鍋島はそれをフィアナに確認したかったのだ。だが降下猟兵の分隊長は、潜水艦と宇宙船の連動という可能性に懐疑的だった。

「連動していないという理由は？」

「仮に両者が連動しているとしたら、宇宙船は遅かれ早かれ発見されますし、墓所上空に向かっているとしたら、到着時刻まで計算で割り出せる。

つまり潜水艦の浮上する時期も割り出せることになります。それでは出撃と同時に粉砕されます。

それに宇宙船と潜水艦が連携を取るためには、綿密な連絡が不可欠です。どちらかが想定外の事態に遭遇した時、敷島と美和の間で迅速な通信が必要です。だがそんな通信連絡がとられた形跡がありません。

艦長だっておわかりでしょう。地上の中隊長とタイミング合わせて作戦を行う難しさは。静止軌道で目視確認できる間でさえそうです。海中の潜水艦と一〇〇万キロは離れている宇宙船となら、相互連絡の困難さはこの比じゃありませんよ」

確かに接近中の宇宙船と潜水艦との連携は、技術的にも容易ではないだろう。

じっさい地上部隊の風間中隊長も音響センサーを調整して、潜水艦の接近を探知できる態勢を整えているが、今のところその様子はないという。

基地内の降下猟兵は、シャトルでいつでも出発できる準備が進められていた。

しかし状況の変化がないままに、スカイドラゴンからの探査衛星が敷島からの宇宙船と接近する時間となった。

敷島の宇宙船を特徴づけるのは、その円盤型の船体だった。船首部分は直径二〇〇メートルほどの円盤で、厚みは五〇メートルほどあった。

円盤の後ろには中心部から直径五〇メートル、長さ一五〇メートルほどのシリンダーが伸びていた。ガイナス艦と比較しても一〇倍以上の大きさがある。

探査衛星のレーザーレーダーの分析では、ヘリウム3と重水素の核融合を利用しているらしい。

宇宙船の表面には凹凸が見られるが、それは艤装の何かを意味するものと思われた。センサーやハッチの類だろう。赤外線放射から判断して機関部はシリンダーの後部にある。これは、そこから放射状に八枚の放熱板が展開していることとも符合する。

三隻の宇宙船は、探査衛星からの画像を見る限り同型船であった。武装について外見上は認められないが、収納式ならわからないだろう。

探査衛星のレーザーレーダーは、宇宙船から噴射されるプラズマの平均速度と総質量を計測し、それから戦術ＡＩが性能を推測した。

宇宙船はガイナス艦よりも高性能であったが、恒星間の移動を想定してはいないらしい。どちらかといえば比推力より推力を重視しているという分析結果であり、それも星系内での運用を予想させた。

ガイナス艦より高性能とはいえ、この宇宙船で壱岐星系まで移動するとしたら、やはり一〇〇〇年以上かかるだろう。

興味深いのは現時点での性能から、この宇宙船が敷島を出立した時期を求めると、美和で捜索中隊がゴートの潜水艦と接触して、一日以内に出発したという結論になったことだ。それだけで結論するのは早計かもしれないが、ゴートと人類との接触が、この宇宙船を呼び寄せた可能性が高い。

宇宙船はすでに、戦術ＡＩが予想した惑星桜花の軌道に入るために減速を行っていた。探査衛星は短時間だけブースターを使用して宇宙船との位置関係を合わせ、追尾を開始した。

「おかしいですね」

探査衛星からの映像を鍋島と共有していたフィアナは首をかしげる。

「何がおかしい？」

「旅団長が、この距離で探査衛星をブーストしようとしたのは、たぶん宇宙船に自分たちの存在を誇示するためだと思うんですよ。あの人は、そうやって相手から情報を引き出すのが得意だから。

だけど、敷島の宇宙船は何の反応も示さない。ゴートとの接触が宇宙船が派遣された理由だとしたら、もっと積極的な反応があって然るべきじゃないですか？」

フィアナはシャロンの采配に心服しているらしい。確かにコンソーシアム艦隊では傍流だった降下猟兵の存在感を、ここまで高めたのはシャロンの力量だろう。それは艦艇部隊の自分が見てもわかる。

「いや、いま君の話で思ったが、あちらも同じことを考えているのかもしれん。つまり、ここで探査衛星に反応し、不用意に情報を与えたくないのかもな」

しかし、フィアナはそれでは納得しなかった。

「そうかもしれませんけど、敷島の知性体がそんな人間的な思考をしますかね？　あの宇宙船を飛ばしている存在がゴートとどんな関係なのかはわかりませんけど、ゴートやガイナスと同族なんじゃないですか。

だとすると、せめてゴート程度には何か反応があるべきと思いますけど」

「まぁ、もう少し観測するしかないな」

鍋島もフィアナも、ここで議論しても宇宙船が無反応な理由などわからないだろう点は了解していた。それでも色々な想定を口にするのは、つまるところ予想外の事態に不意打ちを食らいたくないためだ。もっとも現実は、いつも軍人たちの議論の上を行ったが。

ある段階から探査衛星は、宇宙船に関する正確な座標データを送信してきた。惑星桜花と衛星美和を基準とした位置座標だが、鍋島にはその意味が十分理解できた。

敷島の宇宙船と行動を共にしている衛星からの座標データがあれば、遠距離砲戦が可能となる。試射でレーザー光を拡散させて標的への反射光の有無を観測し、反射光が認められた場合のパラメーターで本射を行えば命中する理屈だ。

ただ射撃準備の命令は出ていないので、この座標データ自体はおそらくスカイドラゴンに対するものだろう。X線自由電子レーザーを使用できるスカイドラゴンなら、いかなる相手でも破壊可能だ。

軽巡洋艦カシマもこのデータによって遠距離砲戦は可能だが、鍋島は自前の火器管制システムで相手を捉えてから砲撃準備にかかることにした。

システムの切り替えは瞬時なので、衛星データを用いずとも不都合はさほどない。それよりも艦長として、こちらから先に手を出すような真似は避けたかった。

ただ、探査衛星が同航しながらさかんに座標データを送信しているにもかかわらず、三隻の動きに変化はない。その姿は衛星を無視しているというより、認識できていないかのようだった。

三隻の宇宙船の動きに変化が起きたのは、美和の軌道に乗ると思われたときだった。宇宙船は静止軌道には入らず、美和から高度二万八四〇〇キロほどの円軌道に入った。

その理由はわからないが、軽巡洋艦カシマやスカイドラゴンが軌道上に遊弋《ゆうよく》しているためと思われた。つまり未知の宇宙船を避けたということだ。

この間、スカイドラゴンも遠距離砲戦のための照準設定だけでなく、宇宙船への呼びかけを行っていた。基本的なフォーマットはガイナスとの交渉に用いたものによる。

五賢帝との交渉の中で、数字などに関してはガイナス独自のフォーマットも一部判明していた。それを交えての送信だが、半ば予想されていたように、宇宙船からは何の反応も返ってこなかった。

カシマからもスカイドラゴンからも一万キロ以上離れた軌道上であったが、探査衛星は依然として至近距離で観察を続けていた。

そして三隻はそこで作業に入った。船首の円盤状の構造物からスリット状にハッチが浮かび上がり、それが開いた。ハッチは横二五メートル、縦五〇メートルほどはあるだろう。

ハッチは三隻全てが開いた。位置や大きさはどれも同じである。ハッチの中には、それぞれシリンダー状のものが入っていた。

どうやらハッチは宇宙船のカーゴベイのものらしい。内部に納められたシリンダーは直径一五メートル、長さで四〇メートルほどあった。

三隻の宇宙船が運んでいた計三基のシリンダーのうち、二つはまったく同じ形状に見えたが、一つだけは上下に半円形の切込みがあった。まず二隻の宇宙船からシリンダーが放出され、軌道上に浮かぶ。同時にカーゴベイの蓋が閉まり、二隻はスラスターを作動させて、その場から離れた。

　放出されたシリンダーは、それ自体に内蔵されているスラスターで残る一隻の前に移動する。カーゴベイから上下に切り込みのあるシリンダーがアームのようなもので取り出され、先ほどの二個のシリンダーがそれぞれ上下の切り込みにハマるように接合され、Ｈ型となった。

「ＳＳＸ２より一回り大型ですが、形状は同じですね」

　フィアナはそう感想を述べたが、どうやらシャロン旅団長もそう感じたのだろう、スカイドラゴンからデータリンク経由で、その物体にＳＳＸ３と名前がつけられたことが通知された。

　ＳＳＸ３が完成したことで、作業を行った宇宙船もその場を離脱する。墓所の上空に現れることとさえせずに、メインエンジンを作動させて美和の軌道上から離れた。そして何度かの軌道修正の後に、三隻の宇宙船は惑星敷島へと帰還した。

　一方のＳＳＸ３は自前のスラスターを点火、減速を開始し、軌道修正を行った。

　探査衛星は、軌道修正用のスラスターの燃料をすべて費やして、ＳＳＸ３と同じホーマン軌道に乗ることに成功した。

　この時点で、探査衛星とＳＳＸ３との距離は一〇〇〇メートルもなかった。

ＳＳＸ３は、廃墟であったＳＳＸ１と同様の構造を仮定した時、施設全体が冷え切っており、生物が生存できる可能性は低く、無人で運用されているのではないかと思われた。探査衛星のレーザーレーダーをＳＳＸ３に向ければ、内部で何らかの生物が活動しているなら、生活音がレーザーの反射波により観測できるはずである。それは非破壊検査のテクニックの一つだ。

しかし、ＳＳＸ３からは振動らしい振動さえ観測できず、生物はおろか、機械も止まっているようだった。

ＳＳＸ３は確実に静止軌道上に投入され、その位置は墓所の上空であることが割り出された。

その場合、六〇時間後には、軽巡洋艦カシマの目と鼻の先にＳＳＸ３は現れる。

そしてここで、関係者の間で協議が持たれた。

「墓所上空の静止軌道にＳＳＸ３が投入されるのは、ほぼ間違いないでしょう」

機動要塞から科学者チームを乗せた巡洋艦ヤクモも墓所の上空に到達し、そこでデータリンクで結んだ仮想空間上の会議が開かれた。科学者チームを統括するのはジャック真田博士である。

全員の視界には、ＳＳＸ３だけでなく、やはり静止軌道上にあり墓所より九〇度ずれた位置に設置された、ＳＳＸ２の姿も表示されていた。

「ＳＳＸ２の設置目的も現時点ではわかっていません。その位置から、外部より接近するものの警戒ではないかと推測されますが、それも推測の域を出ません。ＳＳＸ２から我々に対する接触や反応が観測されないためです」

真田の説明に異議を唱えたのは、地上から参加している風間中隊長だった。

「ＳＳＸ２は外観こそ無傷に見えるが、すでに機能を停止した存在で、だから何も反応しなかったんじゃないか？」

それに反論したのは、意外にもヤクモに将旗を掲げるブライアン五月司令官だった。

「いや、ＳＳＸ２は我々に対して反応しているようには見えないが、機能はしている。

ＳＳＸ２は惑星桜花とは反対側、つまり外向きの静止軌道にある。

衛星美和は球形に見えるが、精密に計測すると潮汐力のため完全な球形ではない。自転軸方向の直径と赤道面の直径では長さが違う。誇張して言うならばレモンのような形状だ。

ＳＳＸ２は、そのレモンの尖った部分の上空にある。そこは軌道力学的に一番不安定な位置だ。

もしもＳＳＸ２が機能を停止しているのなら、あの場所に留まることはできない。赤道上をフラフラと漂っていたはずだ。あの場所を維持できるのは、少なくとも完全な廃墟とはいえまい」

ＳＳＸ２に関しては近くに衛星を配置し、その活動を監視していたが、何の反応もしなかった。ただ温度が周辺よりも高く、内部で何かが機能しているとは思われていた。

これに関連して微弱な電波も何度か傍受されていたが、どこから漏れた電波とも解釈でき、意味も正体も不明である。

議論がずれてきたと感じたのか、真田が流れを修正する。

「いまここで考えるべきは、ＳＳＸ２が活きているかどうかよりも、ＳＳＸ３への対応です。

軌道上で組み立てられたからには、確実に機能する装置でしょう。時系列的なことを考えるなら、我々が潜水艦と接触したときに、ＳＳＸ３は敷島から送られています。

しかもＳＳＸ２よりも一回り大きい。大きさが能力相応であるならば、それもまた無視できない事実でしょう」

真田はそう指摘する。

「いままでの美和での調査は新発見の連続であり、ゴートの死体分析だけで、スタッフが総掛かりであたらねばなりませんでした。

このため本来なら着手しておくべきＳＳＸ２の調査に関しても、衛星で監視する以上のことができないでいました。

しかし、我々の活動に対してＳＳＸ３が投入されたなら、それは何らかのメッセージである可能性が考えられます」

「罠かもしれないがな」

真田の説明に鍋島はそうつぶやく。しかし、それはデータリンクで共有された。

「艦長が言うように、罠の可能性も否定はしません。しかし宇宙船は帰還し、現状では罠を仕掛ければ不利になるのはあちらです。

ですから、我々はＳＳＸ３については、有人探査を提案します。これは確実に機能する物体ですし、いまこのタイミングで現れたのは決して偶然とは思えない」

「真田博士に尋ねたいが、有人探査はどう行う予定か？」

シャロン旅団長の質問に、真田は人型ロボットのデータを提示する。

「ＳＳＸ３が敷島からやってきたということは、微生物汚染などの問題もあります。敷島の生物叢《そう》については我々はまったく情報がありません。細心の注意が必要でしょう。

ですから、本来なら有人探査を行いたいところですが、安全面を考慮してドローン、つまりこの人型ロボットを用います。通常のものではなく、遠隔操作のヒューマノイドを活用します。類似のものは軍の工廠などで見たことがある方もいらっしゃるでしょう。

基本的にこのロボットもそれらと同じです。調査用なので動きをよりしなやかにし、内蔵コンピュータも高性能化しています」

真田によればＳＳＸ１の有人調査のデータを見たときから、こうした機材が必要と考えていたらしい。テニスボール型の使い捨てドローンだけでは、できることに限度がある。

何かを操作するという観点では、人型に作るほうが人間にとって調査対象を理解しやすいというわけだ。

「手持ちのロボットは一機だけですが、これが内部の情報を集めてから人間が調査するのが安全であり、効率的でしょう」

「とりあえず、その線で、進めましょう」

＊

ＳＳＸ３は想定通りの位置とタイミングでブースターを作動させ、墓所の上空で静止する軌道に乗った。そして細かい姿勢制御が終わると、ブースターを捨てた。外見からＳＳＸ３に姿勢制御用のスラスターは見当たらず、その判断は謎だった。

その間、探査衛星はＳＳＸ３に挑発的に接近したり、周辺を回ったりして観測を続けた。こうした行動にＳＳＸ３はほぼ反応しなかった。ただ何回目かの接近で、ＳＳＸ３がやはり装置として機能しているのはわかった。

それはＨ字型をしているシリンダーの四ヶ所の端部のなかで、一ヶ所だけ直径二メートルほどの窓が開いたためだ。窓は円形で、レンズのようなものが取り付けられている。どうやら二本あるシリンダーの少なくとも一本は、望遠鏡のような構造で、これにより地上を観察するものと思われた。

　知られている限りＳＳＸ２には、そうした構造はない。そうしてＳＳＸ３は最終的な微調整と姿勢制御の結果、墓所の上空に落ち着き、レンズのある窓部分は地上に向いていた。

　そして潜水艦は現れなかった。それどころか周囲にゴートが活動する兆しはまるで見られない。

　予想されたことではあるが、ＳＳＸ３は墓所の上空に落ち着くと、上空に向けて電波を送信し始めた。機器の状態を送信しているのか、墓所の衛星写真を送っているのかはわからない。

　だがこの電波送信で、一つの発見があった。惑星桜花と敷島、さらに衛星美和の位置関係で、ＳＳＸ３から送信した電波は、桜花に遮断されて敷島には届かないはずだった。

　そもそもＳＳＸ３の電波送信の方角に敷島はない。またＳＳＸ２とも方位が違う。この問題を解決するもっとも単純な回答は、桜花の高高度の軌道上に複数の中継衛星が存在するというものだ。

　ＳＳＸ３へのロボット投入を準備していた真田博士の要望と、シャロン旅団長の要請により、第一二戦隊旗艦の巡洋艦ヤクモも調査活動に参加することとなった。

　墓所上空の戦力を増強したいということと、降下猟兵旅団に属する重巡洋艦スカイドラゴンも軽巡洋艦カシマも自由に移動できる状況ではないため、機動要塞との連絡にはヤクモが最適と判断されたのだ。

ブライアン五月司令官としては、要請を断ることもできた。別の部隊の任務であり、妨害は論外としても協力は義務ではない。第一二戦隊には自分たちの任務がある。

しかし、ブライアンは要請を断るつもりなどなかった。任務も何も自分たちが敷島星系にいるのは、その文明を調査し、情報を収集するためだ。それに必要なことを拒むという選択肢はない。

またブライアン自身も、ＳＳＸ３がどういうものなのかを確かめたいという、個人的な関心があったのも事実だ。

「通信衛星を発見することは可能ですか？」

ＳＳＸ３の調査準備の中で、真田はブライアンにそう尋ねてきた。彼が天文学を学んでいたことを知っての質問だろう。

「幸運に恵まれたなら発見は可能ですが、必ず発見できるとは保証できません」

「電波の送信方向から絞り込めませんか？」

通信衛星が特定できれば得られる情報が大きいことはブライアンにも理解できるが、ＳＳＸ３をヒューマノイドで調査しようという真田の通信衛星への固執は、不自然に思えた。

「通信衛星はその気になれば何とかなるでしょうが、ＳＳＸ３の調査のほうがいまは重要では？」

「いや、どうも不自然なんですよ」

真田は何かに気がついたらしい。

「何か、通信衛星に不自然なところでも？」

「ＳＳＸ２から断続的に観測された電波ですが、潜水艦が浮上したときにも微弱な電波が観測されています。

この時は偶然かと思ってましたが、桜花から敷島に至る通信インフラが存在するならば、あの電波は、通信を送った時のサイドローブの類と解釈できるかもしれません」

「まぁ、その可能性を指摘していた人間はいました。通信長だったかな？」

だが真田は、ブライアンのそんな話には興味はないようだ。

「司令官が最初に敷島星系へのＡＦＤを成功させた時、惑星配列の関係で食の位置にあり、美和からの電波通信が中断したと報告なさってましたね。

おかしいとは思いませんか？　惑星配列はいまもあの時と大差ありません。時間帯によっては直接通信は不可能です。しかし、ＳＳＸ３は通信衛星を使っている。

つまり通信インフラを利用する通信と、それが使えない通信の二系統があるように見えます。

そして通信インフラの利用が確認できているのは、敷島から運ばれただろうＳＳＸ２とＳＳＸ３だけです。ゴートが通信インフラを使用した場面は確認されていない」

「つまり真田博士は、惑星敷島の文明の担い手は星系内の通信インフラを活用できるが、美和のゴートはそれができないとおっしゃるんですか？」

「できないのか、使用を禁じられているのか、理由はわかりません。ただ観測した範囲で、美和からの積極的な電波送信はありません。ＳＳＸ３の到着もゴートの要請などではなく、ＳＳＸ２の報告が引き金になって、敷島のスキタイが自分たちの判断で送り込んだのではないでしょうか？」

「その話が正しいなら、美和は敷島のなんでしょう、属領みたいなものですか？　そしてゴートとスキタイは同じ種族なのか、それとも別なのか？」

「わかりません。私個人は、ゴートとスキタイの関係が、動物園の動物と飼育員ではないことを祈るのみです」

　真田の話はいささか極端な気もしたが、彼が指摘した点は確かに不自然だ。

「桜花と敷島の位置関係がどういう場合でも通信可能なインフラを作るとしたら、まず美和の軌道前方と後方六〇度の位置（三体問題における五つの平衡解の一つ）に通信衛星を置きます。

　さらに桜花にも同様に前後六〇度の位置に衛星を置けば、その間をリレーすることで、死角のない通信が可能でしょう。通信に要する時間は変化しますが」

「捜索するとしたら、そのあたりの空間ですか？」

「他にも色々な設置場所は考えられますが、宇宙インフラで平衡解の位置を利用しないというのも不自然でしょう」

真田と話しながら、ブライアンは敷島星系の文明について思った。いままで漠然と古代に栄え、それが何かの理由で衰退し、一部は星系を脱出してガイナスとなり、星系に残ったものはゴートとスキタイになったと思っていた。

しかし、少なくともスキタイの視点では、敷島星系では宇宙インフラが維持されていることになる。彼らは決して衰退などしておらず、ただ定常的に生活しているだけなのではないか。

自分たちが敷島星系の文明の形を根底から見誤っていたとしたら、ガイナスについても、本質からずれた対応をしている可能性があるのではないか。

だがあるいはその答えは、SSX3の調査で明らかになるかもしれなかった。

SSX3へのヒューマノイドの接近には、巡洋艦ヤクモの作業用ポッドが用いられた。ただし今回はSSX1のように人間は乗っておらず、ヒューマノイド一体と宇宙ステーション用の作業ドローンが一機だ。

作業ドローンは直径五〇センチほどの球体である。凹凸があると、人や物にぶつかった時に事故などを起こしかねないためだ。単なる球体なのに作業用と呼ばれるように、必要に応じて棒状のアームを展開したり、複数のカメラによる視界の確保や道具類の収納に使うことができた。

　今回は、例の使い捨てのテニスボール大のカメラドローンを幾つか収納している。ヒューマノイドが内部に入ることが可能かどうかわからない場合に備えてだ。

　ＳＳＸ３と行動を共にしてきた探査衛星によると、入り口と思われるものが見えた。それはＳＳＸ２にはないものだった。一辺五メートルほどの正方形で、中心部から左右にスライドするように思われた。ＳＳＸ１のような観音開きの扉ではないようだ。

　ただ外から見る限りは、扉をスライドさせるノブやスイッチの類は見当たらない。こちらから接近すれば開けてくれるのか、それとも物理的に破壊するようなことが必要なのか。そこまではわからない。

　作業用ポッドが接近しても、ＳＳＸ３側から積極的な反応はなかった。状況は、ヒューマノイドのカメラと巡洋艦ヤクモの画像データから俯瞰したモデルとして、関係者の前には提示されていた。

　ブライアンは、俯瞰図を視界の隅に置きながらも、ヒューマノイドからのカメラ映像を凝視していた。

「動き出したか」

　彼の視界の中で、扉の左右に縦筋が入った三角形が現れる。可視光では不明だが、赤外線ではその模様は克明だった。

　五賢帝との交渉の中で、ガイナスの幾つかの文字や記号については人類もわかってきたが、この正三角形の中に三本の縦筋が入った記号はなかった。

　三角形の向きは左右反対なので、スライドドアが開くことを示しているように思われた。

　じじつドアは開いた。

　全開すれば五メートルの空間が現れるはずだった。しかし、ドアの隙間は作業用ポッドがやっと通過できる程度の幅しかない。

「常に最適化を心がける設計なのか、さもなくばこの隙間を接触せずに通過しろという知能検査のようなものか」

　真田はそう感想を述べる。独り言のつもりだったようだが、全員に伝わった。

　ブライアンも知能検査という観点は面白いと思った。スキタイとて、こんな施設をもってきたからには人類の情報を得たいのだろう。

　ドアの隙間は作業用ポッドの幅より一〇センチ程度広いだけだったが、それだけあれば余裕で通過できる。しかし、真田はまず映像確認のためカメラドローンを一基、内部に投入した。ヒューマノイドが入ったら扉を閉められる可能性もある。

　それは計算されたリスクであるが、その前に可能な限り情報を得ておきたい。そのためのドローンだ。

ドローンはレーザーレーダーとカメラのデータを送ってくる。球体なので、ボディを光らせると全方位を照らすことができた。それで可視光でも映像が得られる。

スライドドアの向こうは直径一五メートル、奥行き五メートルほどの円筒形の部屋だった。巨大な缶詰の内側のような、何もない単なる円筒である。

レーザーレーダーの精密測距で分析すると、切削《せっさく》加工で作られた円筒ではなく、金属板を丸めて溶接するという、本当に缶詰のような製造法らしい。溶接したと思われる部分だけに、直線状に切削整形した工具跡が観測された。

ブライアンは複雑な気持ちだった。ゴートの潜水艦もそうだが、未知の知性体と接触しているにもかかわらず、彼らの道具や加工技術には未知の部分がほとんどない。鍛造《たんぞう》に切削加工に溶接。どれもありふれた技術だ。むろん異星人が溶接や切削加工を行っても何ら問題はない。ただ、こんな部分で人間と異星人が同じであることに不思議な気がするのだ。

ドアと向かい合う円形の壁にも、今度は三メートル四方のスライドドアがある。

そこにも赤外線の記号があった。正三角形で縦線があるが、三本ではなく二本である。ドアを一つ進むと、縦線も一つ減る。これはそういう意味なのか？　ではなぜドアが複数あるのか？

「もしも、このドアの向こうが与圧区画であったとすれば、ヒューマノイドが前進した場合、真空に面しているドアが閉鎖され、ヒューマノイドが回収不能になる恐れがある。博士はそれに対して何か策はあるか？」

ブライアンの質問に真田は答えた。

「ヒューマノイドは、自身のスラスターで移動させる。ポッドとは髪の毛より細い光ファイバーで結ばれているから、ドアが閉鎖されたとしても光ファイバーが切断されない限り、内部情報は送信可能だ。ＳＳＸ３のスライドドアがどれほど鋭利かにもよるが、ドローンの情報を信じるなら切断には至るまい」

さすがに真田も考えていたらしい。彼の計画通り、全長二メートルのヒューマノイドは、自身のスラスターによりＳＳＸ３の内部に入った。作業ドローンもそれに続く。こちらは光ファイバーとはつながっていなかったので、通信はヒューマノイドを介して行うことになる。

二機がＳＳＸ３の内部に入ると、待ち構えていたように扉は閉鎖された。同時にあの三角形の表示も消えた。

「通信は？」

「確保できてます」

真田とスタッフの会話通り、ヒューマノイドのカメラは円筒形の部屋の様子を映していた。ヒューマノイドから全方位に照明を灯した可視光の映像と、赤外線による映像の二つだ。

真田はここで与圧されるのではないかと予想したが、それは外れた。確かに二つ目のスライドドアは開いたが、内部は真空のままだった。そしてヒューマノイドと作業ドローンは前進する。

二つ目の部屋もまた円筒形であったが、内部はかなり違っていた。まず先ほどの空間よりも著しく狭い。通路となるのがハッチの幅の三メートルほどで、他は目的がよくわからないパイプが化学プラントのように縦横に走っている。太さは二センチ程度だが、恐ろしい密度で空間を埋めている。

そんな状態が二〇メートルほど続き、さらに扉にぶつかった。三メートル四方あり、やはり左右に開くらしい。

そこにも正三角形の印があったが、縦線は一本になっていた。

「袋から出したインスタントラーメンを並べたような感じですね」

降下猟兵の誰かがそんな感想を漏らしたが、目の前の印象はまさにそんな感じだ。

「これは化学プラントではなさそうですね」

真田の言葉に、その映像を共有している人間たちは訝《いぶか》しんだ。この映像だけでなぜわかる？

そうした疑問を予想していたのか、彼は映像の一部を強調する。

「よく見てもらえばわかるが、この部屋のパイプラインはどれも同じ太さで、しかも終端がない。これが化学プラントなら、原料と成果物を蓄えるタンクがあるはずだが、そんなものも見当たらない。

つまり、ここにあるのは閉じたパイプの環なんだ。それを折りたたんで、この円筒形の空間に押し込んだ」

「だとすると、インスタントラーメンみたいという表現もあながち的外れではないのか……」

ブライアンの言葉に、真田は表情を改める。

「私自身は、タンパク質を連想する。直線状に連なったアミノ酸が折りたたまれて立体構造になるような。あるいは遺伝子かな。いや、まぁ、現時点では何とも言えん」

ブライアンと真田の会話に、周辺のスタッフもざわついていた。これが遺伝子のモデルなら、スキタイは自分たちの生命構造を教えようとしているのか？

そうした仮説を確かめるべく、パイプラインの隙間にカメラドローンが送り込まれたが、どうやらこのパイプの複雑な構造は、Ｈ字型の横方向のシリンダーにも伸びているようだ。ドッキングした時にこれらのパイプ類も自動的に結合したらしい。それは高い工作技術を意味していた。

そしてヒューマノイドとカメラドローンは、それらのパイプラインが氷点下よりも高い温度であることを観測していた。さらにレーザーレーダーによる計測で、このパイプは周期的に太くなったり細くなったりしているらしい。それは微細な変化だが、変化であることに違いはない。

そうしている間にパイプの正確な構造を計測し、振動の変化も重ね合わせたモデルがＡＩにより出来上がる。

ＡＩはパイプの振動を誇張して表現していた。パイプの中を移動する振動が分岐で強められたり弱められたりする様は、まるで生き物のようだった。

「こいつ……生きてる」

最初、誰も真田の言っている意味がわからなかった。ＳＳＸ３が稼働しているのは、見ればわかる。だが予想外のところから同様の意見が届いた。スカイドラゴンにいる旅団長附のマイア少尉だ。

「確かに生きてる。いや、実物が稼働するのを目にするとは思いませんでしたよ」

「説明して、旅団長附」

シャロンがそう言ったが、彼女もすでに理解している。ブライアンにはそんな気がした。

「ええとですね、これはコンピュータです。流体コンピュータですよ。パイプの中を流体が移動する過程で、分岐点や合流点で演算を行うんです。

たぶん外からは単純な分岐にしか見えませんけど、内部には信号を判断する機構があるはずです」

「なぜそう言えるのだ、旅団長附？」

「ここを見てください。波が通過するとき、位相が逆転してますよね。山が来ると谷になり、谷が来ると山になる。論理素子の反転です。

他にも二つの山が出会うとはじめて山ができる分岐や、山がそのまま通過する分岐もある。つまり論理素子の積と和ですよ。

だから、これ全体でコンピュータなんです」

「マイア少尉の言うとおりです。このパイプ類は化学プラントではなく、これ自体がＳＳＸ３を制御するコンピュータなんですよ」

真田がマイア少尉の説明を補足した。

「ただ、制御機構としては興味深いんですけど、コンピュータとしての機能は高くないですね。パイプと流体だからこれだけでかい装置になりますけど、集積回路なら針の先程度の大きさで実現可能でしょう。分岐部を素子に換算すれば、ＳＳＸ３全体でも、素子数は一〇万もいかないと思います」

「旅団長附、回路の集積度の点で流体コンピュータが不利だとして、それでも流体を用いるメリットは何だと思う？」

シャロンは畳み掛けるようにマイア少尉に質問するが、ブライアンには、彼女が自分の部下の能力を最大限に引き出すやり方を心得ているのが感じられた。

「まず考えられるとしたら、真空の施設内で、赤外線輻射により温度を均質化できることでしょうか。

あと推測ですけど、これだけ縦横無尽にパイプを走らせて流体を流しているなら、流量を調整することでＳＳＸ３の姿勢制御が可能かもしれません。

設計次第ですが、流体の演算結果が、モーメントの変化としてＳＳＸ３の軌道修正という形で表現されるわけです。

仮にそうであるならば、素子の集積度では不利ですけど、流体そのもので姿勢制御できるので、システムの簡略化にはつながるかと。じっさいＳＳＸ３は、ここに落ち着いたらブースターを捨ててますし」

「しかしだ旅団長附、それで説明できるのはＳＳＸ３の姿勢だけだ。静止軌道にある衛星でも摂動で位置がずれるだろう。それはどうする？」

「旅団長のおっしゃるのは、ＳＳＸ２がなぜあの位置からずれないのかという問題ですね。それは説明できますよ。衛星美和は惑星桜花の強い磁場にさらされています。そして美和の内部には海洋があり、電流も流れやすい。じっさい美和の磁場は、桜花との位置関係で磁極が移動します。

ならば流体が伝導性で磁場を自由に操れるのなら、桜花の磁場により静止軌道からのズレを修正できます」

「なるほど、わかった。しかし、それでも旅団長附は、ＳＳＸ３の制御機構のすべてを流体コンピュータで賄《まかな》っている点には納得していないのだな」

シャロンは質問の手を緩めない。

「反対側のシリンダーは巨大な望遠鏡です。流体コンピュータで画像処理する馬鹿はいないでしょう。

理由はわかりませんが、流体コンピュータの上位に、別のアーキテクチャーのコンピュータが乗っているようなシステムではないかと愚考いたします」

「旅団に愚考はいらない。合理的な推論だけすればよろしい」

「失礼いたしました！」

上官と優秀な部下という構図なのだろうが、ブライアンにはある種の漫才のようにも見えた。

ともかくマイア少尉の意見が正しいなら、シリンダーに残された最後の一五メートルほどのエリアには、おそらくは流体コンピュータを制御する機構があるのだろう。

ヒューマノイドが前進すると、再びドアが開く。作業ドローンがその室内を照らす。

そこはやはり最後の部屋なのだろう。奥行きは一五メートルほどあり、例の流体コンピュータのパイプが満ちている。ただ部屋の中央には直径四メートルほどの球体があり、流体コンピュータのパイプはそこに集中しているように見えた。

球体の素材はわからない。金属ではなくプラスチックの類であるようだ。さすがに配管が密集していてヒューマノイドでは接近できない。それは、操縦者である真田がさじを投げたことでもわかった。辛うじて作業ドローンが通過できる程度だ。

さすがに異星人の施設を解体しろという人間はいない。ここまで見せてくれたというのは、真意は不明としても敵意があるという兆しはない。それなのに人類から破壊的な行動に出るのは適切ではないだろう。

「ヒューマノイドの超音波センサーで内部を観察したかったが、こうなったら作業ドローンのテラヘルツレーダーを使うか」

それは光と電波の中間の波長を用いたレーダーで、透過性が高いことで知られていた。ただ、ドローン搭載のテラヘルツレーダーは、至近距離から船体の損傷などを検査するもので、今のような状態での使用だと分解能は落ちる。

ヒューマノイドが作業ドローンと交代する。ドローンは中央の球体にテラヘルツレーダーを照射し、位置を変える。そうやって内部の状況を三次元的に描くのだ。

一通りの移動が終わり、データが処理される。その結果に誰もが言葉もなかった。

「こいつらはいつもそうだ……人の命を何だと思ってる！」

それはマイアのつぶやきだった。ガイナスと白兵戦を演じた人間だからこそ、そう感じたのではないか。ブライアンはそう思った。

球体の中には、さまざまなコードやケーブルで繋がれたゴートが一体入っていた。それがＳＳＸ３の制御中枢だった。

8　獣の印

「準備完了です」

　美和の氷原から、ウンベルト風間中隊長が上空の軽巡洋艦カシマに報告する。鍋島直茂艦長は、各部門に命じて軌道上や氷原に異変がないか目を光らせる。

　鍋島もそれなりに軍歴を積んではきたが、それは平時における勤務の積み重ねだ。本当に異星人と対峙しているいま、すべての判断が薄氷を踏む思いだった。

　カシマにはこのときモジュールが追加されていた。それ自体は交換可能な兵装モジュールと同一規格であり、じっさい電力や酸素などはカシマから供給されていた。

　だが、そのモジュールはレーザー光線砲でもＡＭｉｎｅでもなく、居住区画である。ジャック真田博士とスタッフが、機材ごとそのモジュールの中にいた。

　確かに居住モジュールは狭義の武装ではなかったが、異星人の行動を分析する上では大きな武器ではあった。

ＳＳＸ３は墓所の上空を監視しているらしかったが、真田たちの調査を阻止する動きは全く見せなかった。ヒューマノイドが移動するとドアは開閉され、閉じ込められることも締め出されることもなかった。

ただし、言語や記号により意思の疎通をはかるという動きはまるでない。電波信号は発せられており、その信号の解析は比較的容易だった。定期的に送られる画像信号であるから、降下猟兵の車両などを適宜動かすことで、そのデータの変化からフォーマットを割り出すのはさほど困難ではなかった。

解析してわかったのは、画像通信のフォーマットがほぼ生データに近く、データ圧縮のような処理はなされていなかった。スキタイはそういう解析しやすいフォーマットを使うことで、コミュニケーションを図る土台を提供しているとも解釈できる。

じっさいそれは、五賢帝相手に烏丸司令官が過去に行った方法だ。だからスキタイが同じことを考えても不思議はない。

ただスキタイは、このＳＳＸ３を自由に調査させることで何を意図しているのか？　それはまったくわからない。

そもそもスキタイが、人類との相互理解のためにデータの共通フォーマットを確立させようとしているという解釈も、人間側がそう思っているだけで、じっさいのところはわからない。

真田を中心とする科学者チームがいま問題にしているのは、ＳＳＸ３の中枢部の制御が、生きているゴートによって賄《まかな》われていることだった。

ガイナスの五賢帝が、数十万のガイナス兵を情報処理装置として連携して集合知性を維持していることから類推すれば、同じ起源を持つらしいゴートやスキタイが同様の発想をするのも不思議ではない。

しかし、異なる文化の異なる死生観や生命倫理があるとはいえ、生きている知性体を制御機構とするシステムの存在は、やはり真田らにはショックだった。

五賢帝にしても、数千年の時を費やし恒星間を渡った連中の、已《や》むを得ない選択肢として理解することはできた。だがＳＳＸ３は違う。そこでは当たり前のように知性体が機械の部品として扱われている。

ただ科学者チームの中で、これはチャンスであろうという意見も出た。つまりＳＳＸ３を制御しているゴート（あるいはこれがスキタイなのか？）とコンタクトできるなら、美和のゴートも保護下においているように見えるスキタイについて、情報を得られるのではないか。

ひょっとするとＳＳＸ３そのものが、墓所の監視ではなく、人類とのコンタクトを意図して送り込まれたのではないか。そんな仮説が唱えられたのだ。

鍋島はそうした意見を肯定も否定もしない。わからないからだ。ただ仮説の検証に意味があることは理解している。だから艦長として最大限の協力を心がけた。

真田博士らが行ったのは、ＳＳＸ３の制御機構を統括しているらしいゴート一体を収容した球体の表面に、パイプの隙間を縫うように、超音波センサーの類を張り付けたことだ。そうやって内部のゴートの状況を観測する。

彼らの目的は、墓所の表面の変化に内部のゴートがどう反応するかだった。衛星軌道からの監視カメラの映像をこのゴートが処理しているなら、画像の変化に何某かの反応があるはずだ。それを分析すれば、中のゴートと意思の疎通が図れるかもしれない。

真田のこうしたやり方には、迂遠《うえん》すぎるという意見もあった。しかし、彼はそんな意見に与《くみ》しなかった。球体からゴートを外に出すというのは、確かに接触という点では時間の短縮になるように見える。

しかし、ＳＳＸ３のすべての構造がわかっているわけでもなく、ゴートの生態も謎だ。ガイナスは人間の眠りを理解できないままガイナス兵を酷使し、睡眠不足で斃《たお》れる個体を目《ま》の当たりにすることになった。

同じような過ちを、自分たちが球体内部のゴートにしないとは限らない。

鍋島自身は、真田の倫理観がスキタイに通用するとは思っていない。通用する相手なら、最初からこんな真似はしない。ただ人間として、真田のような人は信用できるとは思う。

「それでは、シーン1、開始！」

真田の命令とともに、氷原に巨大な模様が浮かんだ。レーザーで描いた全長一キロ四方のゴートの姿だ。自分たちの姿を見たときのゴートの反応はどうなるのか？　真田はそこから始めようとした。

「アダムの反応は、通常の範囲内です」

真田のスタッフが報告する。アダムとは、遡れば地球文化から使われていたという単語だ。「最初に何かした人」というような意味を持つという。

ただ地球ではなかなか複雑な意味を持っていたようで、表音文字では「最初に何かした人」という意味だけだが、表意文字では人間だけでなく試作品第一号というような意味で使われることもあった。

だから真田はアダムに関しては表音文字で表記し、機械部品を連想させる表記は使わなかった。

「反応がないだと？」

ゴートにゴートの姿を見せれば、何か反応があるだろう。真田の考えは鍋島にも理解できたが、現実は、無反応だった。ＳＳＸ３は氷原に描かれたゴートの姿をただ画像として処理し、敷島へと送っているらしい。

「どういうことだ……」

真田は途方にくれていた。球体内のゴートとのコミュニケーションが取れなければ、スキタイについての情報入手はずっと困難になる。

「あれは猿なんじゃないですか」

真田は鍋島の言葉を聞いて、はっとした。

「霊長類には人間も色々な猿も含まれるように、ゴートの中にも類縁種がいるということか！　なぜそう思うんだ、艦長？」

「いや、超音波によるアダムの映像、ゴートと違って、ほぼ左右対称じゃないですか。どちらかの腕が大きいなんてことはない。だったらゴートそのものではなくて、その類縁種かなと。あれが我々にとっての猿のような存在なら、期待したような反応しないのかも」

鍋島はこういう方面には素人なので、いまの意見もそれほど深い根拠があったわけではなかった。しかし、その素人の意見が真田の心に何かを告げたらしい。

「いや、そうかもしれんよ、艦長」

「あれはゴートの猿だと？」

「猿という表現はともかく、我々は先入観に目を曇らされていたということだ。人類コンソーシアムに知性体は人類しかいない。しかし、一つの惑星に一種類しか知性体が誕生しないとは限らないではないか。

惑星敷島では、同じ系統の中で二種類の知性体が誕生したとしたらどうだ？　二種類は歴史のある段階までは共存していた。おそらくは宇宙文明段階まで。
しかし、その均衡が何かの理由で崩れた。そして知性体の一派が美和に追いやられゴートとなり、もう一派は惑星敷島を支配した。そういう解釈が可能ではないか？」

「そりゃまぁ、可能かもしれませんが」

鍋島には他に返答のしようもない。球体の非破壊検査で再現された不鮮明な立体映像だけで、敷島星系に知性体が二種類いたかもしれないと言われても、さすがに強引すぎると思うのだ。

「仮にスキタイとゴートが別の知性体として、ガイナスはどちら側に属するんでしょうね？　追い出された側ならゴートでしょうか？　そうなるとやはり、それらを追い出して現在敷島にいるスキタイのほうが優秀な知性体なんですかね？」

それに対して真田はしばし考える。

「いや、逆かもしれない。文明の担い手がゴートで、スキタイは文明を補助するような存在だったのが真相かもな。
なぜなら、文化水準の高い側が敷島を支配していたら、七〇〇〇年の間に文明を復興していたはずだ。しかし、敷島星系に文明は存在するが、発展しているとはいい難い。
ガイナスはガイナス兵を量産してから、軌道エレベーターを建設し、地下都市を築いた。あの開発速度をもってすれば、敷島星系は宇宙船や宇宙都市で溢れかえっていたはずだ。

だが現実は逆だ。スキタイは惑星の上で自分たちが生きていける範囲の文明を維持しているにすぎない。

惑星の赤道上に二つの巨大なリング構造物を建設し、維持しているが、逆に敷島の軌道上にはそれ以外には何もない。彼らには技術も資源もある。ただ一つだけ、外に向かって広がってゆこうという意思がない。

「そしてゴートは壊滅寸前で、美和で辛うじて生きていると」

「敷島と美和では天体の大きさがまるで違う。生態系さえ違う環境で、人口は増えず、文明も復興できない。敷島を奪還することさえ彼らにはできないわけだ」

確かに話の筋は通ると鍋島は思う。ただ物証が少なすぎる。

「どうやってそれを証明します？」

「事実の積み重ねよりあるまい」

真田は美和の氷原での実験を改良する。左右対称なゴートの形を描いてみたのだ。しかし、アダムはやはり反応しなかった。基本的な図形からガイナス艦まで描いてみたが、アダムは何の反応も見せなかった。

*

「これを投入するわけですか」

巡洋艦ヤクモはバーキン大江司令官の要請で機動要塞へと戻っていた。ブライアン五月司令官に対するバーキンの要請とは、ある衛星の投入だった。ただし美和ではなく、惑星敷島へ。

「はい、写真撮影とレーザーレーダーによる地表計測だけを行います。全長一メートルの立方体ならスキタイも気がつかないでしょう。仮に気づいたとしたら、それも情報です」

バーキンが言うように、ブライアンの前に浮かんだ映像は、全長一メートルほどの立方体だ。彼はヤクモの中におり、バーキンは機動要塞の司令室にいた。そして敷島探査用の衛星はいま、作業艇により巡洋艦ヤクモに運び込まれていた。

バーキンが衛星投入を決意したのは、ＳＳＸ３の人類への無関心ぶりのためだ。無関心は言い過ぎとしても、人間を前にしてＳＳＸ３は目立った動きをしていない。

ならば小型衛星を投入しても目立った反応は見せないかもしれない。それがバーキンの考えで、一応ジャック真田からも同意は得ていた。

バーキンにとってこの調査が重要なのは、機動要塞の生産設備と材料で製作された初めての探査衛星ということもある。実用衛星の製作が証明されれば、機動要塞がこれからとり得る作戦の選択肢はかなり拡大するだろう。

「衛星電波はヤクモで中継するわけですか？」

「いえ、データ中継衛星はすでに展開しています。地道な測地衛星ですから、あえて巡洋艦を展開してデータ分析をする必要もありません。数時間遅れても、データを機動要塞で受信できれば十分です」

「なるほど」

ミッションは単純だった。惑星敷島の近くまで巡洋艦ヤクモが進出し、そこで切り離された衛星はブースターにより軌道上に展開される。極軌道を回るので、地表全体を計測できるはずだった。

この程度のミッションに巡洋艦を投入する必要はなかったが、ブライアンはヤクモの投入を快諾した。彼自身、ヤクモによる惑星敷島の精密分析には興味があった。

また衛星自体にもブースターはあり、適当な座標に投入すれば、あとは自動で正しい軌道に向かうので、ヤクモが行うべき作業自体が短時間で終了することもある。順調に行けば機動要塞から出発して、半日で終わる。

もっとも、ブライアン司令官は単純に仕事を終わらせるつもりもなかった。彼には確認したいことがあった。

それは、恒星と惑星敷島との重力が作る平衡点を調査することだ。人類とは異なる観点で、スキタイは宇宙インフラを建設しているわけだが、物理的に適切な場所は限られる。

重力の平衡点はそうした場所の一つだ。いままで丹念に調査する余裕がなかったが、この機会に行うことにしたのだ。それでも三時間もあれば終わるはずだ。

最初に惑星敷島から一〇万キロほど離れた領域に移動し、衛星を磁気カタパルトで射出する。軌道に投入するというが、じっさいはカタパルトで高速で打ち出し、ブースターで減速する形になる。

これだと衛星を打ち出した宇宙船の所在を隠すことができる。ただ惑星に接近した状態でのブースターの点火なので、そこで気取《けど》られる恐れはあった。

それでもこの方法が使われるのは、スキタイがどの程度まで人類に無関心なのかを確認する意味もあった。そもそも、この衛星投入の目的の一つもその辺にある。

「ブースター点火を確認」

戦術ＡＩが報告する。巡洋艦のカメラが衛星を追っているが、さすがに遠距離なので光点があるくらいしかわからない。これだけ明るければ探知可能な気もするが、それは自分たちが衛星の位置を知っているから発見できただけのことで、何の予備知識もなかったらわからない。また発見できたとしても、スキタイが反応する保証もない。

じっさい惑星敷島からはとくに目立った反応はなかった。宇宙船も飛んでこない。レーザー光線で狙われもしない。

衛星はそのまま敷島の軌道上に入る。太陽電池パネルも展開したが、それでも目に見える動きはなかった。

そうして衛星は、プログラムに従い軌道上を周回し始める。

「極軌道に正常に投入されました。すべての機器が正常です」

至近距離からの衛星投入は、予想に反してスキタイから何の反応も呼び起こさなかった。ＳＳＸ３を投入したことを考えると予想外の反応だが、事実は事実だ。

衛星は妨害されることなく、レーザー測距儀の計測データを送ってきた。敷島の赤道上にある二つのリングは、内側が第一リング、外側が第二リングと命名されていた。

衛星により確認されたのは、まずリングの幅で、五〇メートルほどしかない。また二つのリングは共に赤道上に配置されているものの、常に軌道のズレを補正する必要があるのと、リングそのものの振動の影響から、完全に重なり合ってはいなかった。

第二リングは惑星敷島の静止軌道上にあり、おそらくこれが宇宙船の離発着に利用されているのではないかと思われていた。

第一リングは第二リングより一万五七九〇キロほど低い軌道にあった。この軌道では第二リングの倍の速度で回転し、半日で一周する。なので第二リングと一日に二度、同じ位置関係になることができた。

静止軌道にあるリング状構造物と、その下にある半分の周期で移動するもう一つのリング。何とも思わせぶりなデータだが、このリングが何のために存在しているのかは依然として謎だった。

宇宙船の離発着に用いているのは確かなようだが、敷島周辺で宇宙船を観測することは稀であり、そのためのインフラとは思えない。

それでも第二リングだけなら、幾つもケーブルを展開し、複数の軌道エレベーターを運用するのに活用できる。

だがこの場合、第一リングが軌道エレベーターのケーブルと干渉するのも明らかで、スキタイには建造する意思がないということだろう。

現時点でわかるのはその程度だ。ブライアン司令官は衛星が正常に機能していることを確認した後に、惑星敷島の前方の平衡点と、次に後方の平衡点へと移動することにした。つまり恒星と敷島を結ぶ直線を底辺とした正三角形の、前方の頂点と後方の頂点に移動するわけである。

最初に前方の平衡点に移動する。ブライアン司令官は、ここで通信衛星の一つも発見できることを期待していた。それも多分に偶然に左右される部分ではあるが、力学的に安定な領域は限られているから、発見する確率は高いと考えたのである。

もっとも、じっさいに通信衛星などを発見した場合のことは、ブライアンもあまり深く考えてはいない。そのまま回収というのはすぐに思いつくが、それは選択肢にはない。

一つは、活動中の衛星を回収するというのは、攻撃と解釈されても仕方がないからだ。

もう一つは、活動中の通信衛星は情報入手という点では金の卵を生むガチョウのようなものであり、そこで行われる電波通信の流れを監視したほうがよほど得られるものがある。

とはいえ、平衡点付近の空間に何があるかは行ってみなければわからない。衛星かと思ったら、宇宙都市が活動していることだって十分にありえる。

しかし、そうしたことを考えていたブライアン司令官の前には宇宙都市はもちろん、衛星の類さえ見当たらない。スキタイが通信衛星を運用しているのは状況証拠が示しているが、どうやら恒星・敷島の重力平衡点には置かれていないらしい。

それでもブライアンは何もしないで帰還はしなかった。重力平衡点には宇宙塵なども集まりやすい。あるいは宇宙船の材料の一つも見つかるかもしれない。そんな期待からだ。

コンソーシアム艦隊の戦闘艦は、センサーの感度を最良に保つためにも、宇宙空間の状況は常に把握できるよう準備されていた。だから宇宙塵などを回収するのは簡単なことだった。

シャボン玉よりも儚《はかな》い薄膜で作り上げたプレートを展開し、そこに付着した塵などを回収する。一定の面積の薄膜を一定速度で一定時間だけ動かせば、規定の容積を移動したことになる。

だから、薄膜に付着した星間物質が容積あたりの物質の量となるわけだ。

ブライアンは前方と後方の平衡点でそうした試料を回収した後、機動要塞へと帰還した。

試料の分析結果はバーキン要塞司令官に報告されると同時に、関係者が自由に閲覧できるようデータベースに公開された。

ブライアンは期待に胸を膨らませ、データベースにアクセスする。だがすぐに顔を曇らせた。そして戦隊司令官として、データを渡したコン・シュア研究主任に連絡を入れる。

コン研究主任もある程度はこうした事態を予想していたのか、ブライアンの視界の中に現れたときには、妙に落ちついていた。

「分析結果のことですね？」

コンの言葉にブライアンは頷く。

「純粋な金属成分が検出されたのは、ＳＳＸ１のように宇宙での施設破壊の結果とすれば納得できる。しかし、少なからぬ火成岩が認められるのはどういうことだ？　まさかと思うが、試料のコンタミということはないのか？」

「コンタミはありません。仮に機動要塞の埃か何かと混ざったとしても、そこから火成岩は検出されません」

「……ということはコン主任、宇宙空間で火成岩が検出されたというのか？」

「データをご覧になればおわかりと思いますが、明らかに火成岩が認められます。あと球状粒子であるコンドリュールの一部からは、内部の空隙に酸素と窒素も認められています。つまり……」

ブライアンは、まさかと思っていたことを認めざるを得ない。

「平衡点で回収した宇宙塵の幾つかは、惑星敷島から宇宙に飛び散った残渣《ざんさ》というのか？」

コン主任の表情はそれを肯定していた。

「じつは非常に単純な話なのかもしれません。七〇〇〇年近い昔に敷島には発達した宇宙技術を持つ文明があった。だが、惑星敷島が小惑星の衝突を受け、大量の土砂が宇宙に飛び散った。

出雲からの情報では、播種船は数千年前に敷島を目指していたが、出雲に針路をかえたとか。突然の針路変更が謎とされていましたが、この小惑星衝突で説明がつくかもしれません」

「というと？」

「播種船は敷島星系の文明の存在には気がついていなかった。文明が構築できそうな天体として接近した。そこに小惑星が衝突した。惑星は大災害により生命が存在できる環境ではなくなった。

推測ですが、大量の土砂が巻き上げられて恒星の輻射が遮《さえぎ》られることで、惑星全体が寒冷化を迎えたはずです。

そうしたことから、播種船は文明建設に適せずと判断して、敷島では減速せずに出雲星系に針路をとった」

コンの仮説は、確かにつじつまは合っているとブライアンは感じた。しかし、天体の衝突という偶然に、播種船がたまたま遭遇するという偶然もまた信じがたかった。だがコン主任の意見は違った。

「敷島星系が文明建設に向いていることは数光年先からわかります。この領域でのG型恒星は、敷島を除けば出雲と壱岐だけです。播種船がG型恒星を最優先で探していたとすれば、かなり長期間、敷島を目指していたはずです。少なく見積もっても数世紀。

その間に大型小惑星が敷島を直撃する確率は、それほど低くはありません。播種船は文明の有無にかかわらず、敷島星系に向かっていた。惑星の存在もわかっていたでしょう。

それが小惑星の衝突で環境が激変したとなれば、文明を確認できるほど接近せずとも針路変更可能なはずです」

「コン主任、播種船がどうやって小惑星衝突を知るのだね？」

「火成岩が発見されたのと同じ理由です。惑星の火成岩が宇宙に吹き飛ばされるほどの大変動なら、惑星のアルベドは激変します。それがどんな変化をもたらすとしても、播種船のＡＩは安全のために針路変更を行っても不思議はない」

それでもブライアンには疑問が残った。

「敷島はそれで説明がつくとして、美和のゴートはどうなる？」

「それは、敷島文明の孤立した植民地が、何とか自給自足を達成したという話では？」

さすがに小惑星衝突と美和文明との関係については、コン主任の歯切れも悪くなる。それは仕方がない。宇宙塵の分析だけで判明するようなことではない。

「ありがとう。とりあえず、我々はまだ何もわかっていないことは確認できたよ」

　数日後。その会議はコン・シュア研究主任の緊急動議として、機動要塞で開かれた。バーキン司令官の執務室に、ブライアン司令官も関係者として招かれていた。

「バーキン司令官には先に概要を説明しましたが、内容の重要性に鑑《かんが》み、危機管理委員会に報告を上げる前に、幹部の皆さんにはこの場で説明いたします」

　コンがそう言うと、惑星敷島の立体映像が浮かび上がる。低解像度でなら惑星全体の地表の様子はわかっていたが、目の前のはかなり鮮明だ。先日軌道に投入した探査衛星のデータだろう。

「まずブライアン司令官の持ち帰ったサンプルから、敷島に小惑星が衝突したことが予想されていました」

「確認されたのか？」

　ブライアンの問いにコンは頷き、映像は一変する。それはレーザー測距儀による計測データをもとに惑星を再現したものらしい。地表が植物に覆われていても、レーザー測距儀は正確に地表までの高さを計測し、惑星の姿を再現した。

そうすると明らかに惑星敷島には、小惑星が衝突したらしい巨大なクレーターがあった。小惑星の衝突痕は大陸の中の内海のような存在となっていた。

それがもっとも大きなクレーターではあったが、他にも中小規模のクレーターが認められた。

「大きなクレーターがあり、他に中小のクレーターか」

ブライアンはそれには驚かなかった。小惑星は、大気圏突入の衝撃で破砕して分割されることは珍しくない。

「それが問題なんです」

惑星の立体モデルが全員の前で回転する。惑星表面には幾つものクレーターが見えた。

「おわかりになりませんか?」

「何がだ、研究主任?」

「天体の衝突ではこんなことはありえません。東半球に命中すれば、西半球は無傷です。たとえ小惑星が分解したとしても、惑星全体にクレーターができるはずがない」

コンの言わんとするところがブライアンにはわかってきたが、正直、それは受け入れがたい想定でもあった。

「人為的に作られたクレーターだというのか?」

「そう考えるよりありません、司令官。まずここに巨大なクレーターがあります。どうやら地殻をぶち抜き、マントルまで達するほどの衝撃であったようです。これが小惑星の衝突痕でしょう。他にも近隣に三つあります。小惑星の分割があったのでしょう。

ところが他の中小のクレーターは違う。地表レベルを広範囲にえぐり取ったものの、威力はこの大型より小さく、惑星全体に広がっている。

これに類似したものはないか調べてみました。すると軍の古い資料にありました。出雲星系防衛軍が最初に創設された頃です。当時の艦隊の最大火力は、核兵器でした。

この中小のクレーター痕は、アシハマでの核兵器実験で生じたクレーターに酷似しています」

「コン主任、君は、太古の昔に敷島で核戦争があったと言いたいのか？」

「データを素直に解釈するなら、そう結論せざるを得ません。おそらく幾つかの社会グループが核兵器を保有し、敵対的な相手に向けていた。しかし、それはそれで社会情勢の安定化につながっているように見えた。

だがそれは、危うい均衡だった」

「小惑星衝突が、その均衡を崩してしまったのか」

ブライアンは言いようのない虚しさを感じた。小惑星衝突は敷島文明に多大な損失を与えただろう。しかし、彼らはその被害を最小に抑え、復興できるだけのポテンシャルは持っていた。

だが、小惑星衝突の危機的状況が、自分たちだけが生存するという欲求のために戦争の引き金になってしまった。

つまり危機を作り出したのは小惑星衝突でも、敷島文明を滅ぼしたのは文明自身だったのだ。そしてコン主任は言う。

「ゴートかスキタイか、彼らは危機にあって同族に核兵器を行使した。そんな連中の子孫です。彼らから異民族である我々への好意は期待しないほうがいいでしょう」

*

烏丸三樹夫司令官がガイナス巡洋艦四隻を撃破した後、重巡洋艦クラマはガイナス拠点と対峙する位置に戻っていた。だが五賢帝とのコンタクトはしばらく止まっていた。ガイナス巡洋艦が輸送船団の襲撃を始めるまで、五賢帝とのコンタクトは、概ね順調だった。

戦闘モジュールの通信を公開し、相互に信号のやり取りを行うフォーマットを特定した。それからガイナスを模式化した巨大ロボットを投入し、身体の動きから動詞や名詞について、共通の語彙《ごい》を増やすような作業も行われた。

これによりコミュニケーションは大きく前進した。烏丸司令官でさえ、五賢帝との交渉を楽観視していた。

だがそれもガイナス拠点の封鎖が破られるまでだった。封鎖を破った四隻の大型宇宙船は巡洋艦を建造し、交通破壊戦を展開した。それらの巡洋艦は重巡洋艦クラマが撃破し、交通破壊戦は辛うじて阻止することができた。

だがこのことで、五賢帝が艦隊戦力の増強により人類と対峙することを諦めていないのも明らかになった。事態は落ち着いたかに見える。しかし、ガイナスの武力行使に、コミュニケーションの環境は大きく変わっていた。

五賢帝にせよ烏丸司令官にせよ、巡洋艦撃破という現実を前にどうコマを進めるのか。そこは慎重に考えるべき問題であったからだ。

じじつ、五賢帝の側から人類に対して積極的な接触は為されていない。

一方で烏丸司令官のチームはといえば、続発する事態に対して、どう解釈するかの問題を抱えていた。つまり情報処理に特化したガイナス兵カプセルの問題、ゴートと短時間の接触を持った問題、敷島からＳＳＸ３が運び込まれた問題、そして播種船の一部が発見され、どうやら出雲星系より先に敷島星系に向かっていたらしい問題。

どれも相互に関連があるようでいて、五賢帝との交渉という点では、何が武器になり、何が弱みになるかも判断が難しかった。

とはいえＳＳＸ３やゴートの潜水艦の問題は、一八光年も離れた遠い星系の話であり、五賢帝との交渉には直接影響はしない。

烏丸が気にかけているのは、ガイナス兵からさらに人体改変されたいわゆるガイナスニューロンと呼ばれるカプセルの存在と、播種船が敷島星系から出雲星系に移動したという事実である。

ブライアン司令官の宇宙塵分析によると、敷島にあった文明は小惑星の衝突により大打撃を受けたらしい。惑星敷島の土砂が重力平衡点まで吹き飛ばされたことからも、その凄まじさがわかる。

問題は衝突時期である。天体に小惑星が衝突する確率は常にあるが、それが一億年前なのか数千年前なのかで話はまったく違ってくる。

現場の研究チームが、敷島文明崩壊の理由を隕石衝突に見出そうとするなか、ブライアンは天文学を志しただけあって、そうした態度を窘《たしな》め、正確な時期の特定を依頼したという。

その点ではコン・シュア研究主任は誠実な態度で仕事に臨んだ。宇宙線によって生じる放射線核種の量などから、敷島から吹き飛ばされた宇宙塵がどれだけの期間、宇宙線に晒されていたかを計測する。

コンはその計測プロセスも含め公開したが、手法に間違いはなく、そして結果は七〇〇〇年プラスマイナス一〇〇〇年前というものだった。

敷島文明の衰退、播種船の接近、ガイナス船団の壱岐への移動、それらの出来事は、いずれも約七〇〇〇年前に起こったが、まさにその時期に小惑星の衝突があったことになる。ただし、関係する出来事の時系列は不明だ。

烏丸がこの時系列にこだわるのにはわけがある。それが五賢帝との交渉に大きく影響するためだ。

播種船の針路変更については、ＡＩは敷島星系への植民を計画していたが、惑星環境が小惑星の衝突により激変し、生存不能と判断して出雲星系へと針路を変えた。

このシナリオに大きな間違いはないはずだった。播種船の減速装置のログによると、敷島星系では減速装置を作動させていない。つまり、減速して星系にとどまる必要を認めなかったということだ。宇宙塵などの物証もこの仮説と矛盾しない。

重要なのは、ガイナスの船団が壱岐に向かったのは、この破局の前なのか、後なのかということだ。

大破局を辛うじて生きながらえた敷島文明の担い手たちが、手に入る宇宙船で壱岐星系へと移動した。そういうシナリオも考えられるし、烏丸自身もそう思っていた時期がある。だがガイナスの生産力の高さなどを考えると、恒星間移動の時間こそ長すぎるものの、それ以外は生産設備その他、万全の準備で移動してきたようにも見える。

結局のところ、「取るものもとりあえず逃げてきた説」の根拠は移動に六七五〇年もかけている点であるが、それを除けば植民活動の準備は万全であった。

そして彼らが壱岐星系に到達して半世紀以上も目立った活動をしなかったのは、個体数の絶対的な不足が原因であるが、その人口不足は長期間の航行による放射線障害の結果と考えられる。

だから恒星間航行の期間が数百年であれば（ガイナスの技術力ならそれは可能であった）人口問題もなく、壱岐星系は人類が入植前にガイナスのものとなっていただろう。

もし仮に壱岐星系植民のための大船団を編成したガイナスが、その先遣隊だけを前進させていた中で小惑星衝突が起きたなら、植民計画は頓挫するだろうし、彼らが戻るはずの船団本隊も母星系を出発できなかったのではないか。

そう考えるとガイナス船団が、星系内移動の性能しかないガイナス艦などで、六七五〇年かけて恒星間を移動した理由にも説明がつく。

ガイナス艦は星系内を移動するための宇宙船と考えられている。だから航行中は、より巨大で高性能な宇宙船に収容され、領域のパトロールや移民母船間の連絡などに用いられる予定ではなかったか。

烏丸には、いままでの情報を総合した範囲で、先遣隊は破局の前から前進していたシナリオのほうが可能性が高いような気がしていた。

もちろんこれらは状況証拠から組み上げた推論に過ぎず、事実関係は五賢帝との交渉の中で解き明かしてゆかねばならない。あるいはゴートとの接触で先に明らかになる可能性もある。

　ただ、コミュニケーション基盤で先行しているのが五賢帝である以上、自分たちがもっとも真相に接近しやすいはずだ。それが烏丸の考えだ。とはいえ、どうアプローチをすべきか。烏丸は攻め口を決めかねていた。


「三条殿はどう思う?」

　先任参謀として、三条新伍もまたクラマの作戦室内にいた。仮想環境でも同室であるし、物理的にも同じ部屋だ。

「そろそろこちらからアプローチをしないと、マルクスは関心を維持できないのではないでしょうか?」

「関心を維持できないとな?」

　烏丸は三条の言葉に目を見開いた。三条には自覚がないが、どうも烏丸に言わせると自分の視点は独特らしい。

「集合知性って、色々な個体が情報処理して、その合算で誕生するものだと自分は理解しております。

　そうだとすると、全体が同じ関心を維持するというのは難しいのではないでしょうか?」

「なるほど」

烏丸は考え込んでいるが、三条には絶対、いま自分が言ったことと別のことを考えているという確信があった。出発点はそうなのかもしれないが、次々と思考が連鎖して、三条視点では別物になって戻ってくる印象があった。

「いまの三条殿の話で決した。何をマルクスに問うべきか」

烏丸はすぐに自分のアイデアをスタッフに提示し、それを議論させる。もっとも近くにいながら、三条自身はこのプロジェクトのメンバーには入っていない。入っていないからこそ、客観的な視点でものを見られると考えられているらしい。

そうしている間にマルクス宛のメッセージが起草される。

烏丸が行った質問は短い。だから誤解もされない。ガイナスニューロンの画像と「これを知っているか？」という内容だ。

つまり、ガイナスニューロンを作成したのは五賢帝であるかどうかの確認である。基礎的な部分であるが、確固たる事実を積み上げてゆかねば話は進まない。

烏丸の意図としては、五賢帝の意志の確認がある。集合知性体を維持することを考えたなら、ガイナス兵を連結させるよりカプセルを活用したほうが効率的だ。

だが、ここで考えるべきは、なぜ効率を追求する必要があるのかだ。五賢帝の意識はすでに存在している。だとすれば、考えられるのは二つ。

一つは、五賢帝は自分たち以外の集合知性を増やそうとしている。もう一つは別の集合知性は作らず、あくまでも自分たちを改造する目的だ。

烏丸は後者の可能性について憂慮していた。つまり五賢帝の情報処理基盤をガイナス兵からカプセルに小型化することで、彼らは自分たちを移動不可能のガイナス拠点から戦艦レベルの宇宙船に収容できる。つまり集合知性は一隻の宇宙船で移動可能だ。

第二拠点建設が予想されるいま、この移動可能な集合知性は看過できない問題だ。

「どれくらいで返答が届くでしょう？」

三条は、マルクスが一度ははぐらかすと思っていた。本質的な質問につながるだけに、五賢帝も時間を稼ぎたいはずだ。

「三日は覚悟せねばなるまいて」

時間稼ぎをするだろうという読みは、烏丸も同じであるようだ。三条はその点では安堵した。自分たちに大きな意見の相違はなさそうだ。

だが、二人の予想は外れた。返答は三〇分としないで返ってきた。

「我ら、それを知らず」

その返答には三条も驚いたが、烏丸はそれ以上にショックだったらしい。珍しく険しい表情を見せた。

「我ならばマルクス単体となるが、我らとなれば五賢帝全体がガイナスニューロンを知らぬとなる」

「集合知性は嘘を吐《つ》きません、いや、吐けません。そうであるなら、五賢帝の誰もがガイナスニューロンを知らないとなります。あるいはあのカプセルを最初に開発して、それからガイナス兵に改造したんでしょうか」

「三条殿はなぜそう考える？」

「いや、ガイナスにとって人間は、はじめての異星人じゃないですか。それを最初からガイナス兵という完成形にはできないと思うんですよ。遺伝子情報とか違うわけですから。

ガイナスニューロンみたいな失敗作もあったんじゃないでしょうか。それで当面の労働力にはならないが、瓢簞《ひょうたん》から駒で、いつか使えそうなのでキープしていたとか。

つまり集合知性の誕生より先にガイナスニューロン自体は存在していた。だから五賢帝は知らなかった。だが拠点では、五賢帝が意識していない部分で、ガイナスニューロンを量産していたのではないでしょうか。

五賢帝は巡洋艦を量産することしか意識しておらず、その考えは下位の無意識層で、より具体的な行動レベルで実行された。ガイナスニューロンは、五賢帝の欲求を満たす条件を兼ね備えていたので量産されたわけです」

「三条殿、案外それは正鵠《せいこく》を得た仮説やもしれませんぞ」

そう言いながらも烏丸は何かを考えているらしい。そしてすぐに別の画像をマルクスへと送る。それはガイナス兵の姿であった。

三条はそれを、烏丸が確実なところから積み上げるための問いかけと考えた。なぜなら五賢帝がガイナス兵の姿を知らないはずがないからだ。

マルクスの返答はこんども迅速だったが、内容は同じであった。

「我ら、それを知らず」

烏丸は、その返答に満足しているように見えた。

「司令官、これは……。五賢帝は嘘を吐けるのですか？」

「嘘ではござらぬ、三条殿。五賢帝はガイナス兵の姿を知らぬ」

「ですが、それなら巨大ロボットで動きを示して、動詞や時間の観念に共通理解ができたのは何故です？　五賢帝がガイナス兵の姿を知っているからこそ、意思の疎通が可能だったのでは？」

「と、我らが思い込んでいただけのことよ」

烏丸はカラカラと笑う。

「五賢帝は、動詞や時間感覚は概念として理解していた。もとは個体として存在していた生物だから不思議はない。

だが五賢帝は身体を持たぬ。三〇万以上のガイナス兵の身体を利用して意識を維持している。それは意識の容れ物だが、五賢帝の身体とは言い難い。

おそらくは三〇万ものガイナス兵の身体が作り出すイメージを認識しているだけで、直接的な身体は持っておらぬのだ。

たとえばガイナス拠点に電波を送信すれば、それを受信し、複合し、情報に再現する機構はあるじゃろう。だが、こうした具体的な作業は五賢帝には一切自覚されておらぬのだ」

「あぁ、つまり我々が自分の個々の脳細胞のことはわからないようなものですか？」

「まさに、それじゃ！」

烏丸は三条の返答に上機嫌だった。

「そして、三条殿。ここで重要なのは、我らが過日用いたあの巨大ロボットは、ガイナスの姿を模しておることだ。それ故に意思の疎通が進んだわけじゃ。

だが五賢帝が巨大ロボットの姿を己が目で見たわけではない。五賢帝の意識に到達する前に、様々な機械や集合化されたガイナス兵の神経系統により加工され、理解しやすい形になっておる。

おそらく五賢帝が抱いている己の身体とは、イメージに過ぎぬ。そして五賢帝の下位の情報処理機構は意識はないが、そのイメージから五賢帝の意図を判断し、具体的な行動に落とし込む」

三条は烏丸の言ってる意味がわからない。彼と話しているとよくあることだが。

「どういうことでしょうか？」

「すべては我らの先入観のなせること。

天涯の地下都市での戦闘を思い出してみなされ。それまで烏《う》合《ごう》の衆だったガイナス兵は、突如として組織的な動きをした。あの時点で確かに地下都市には集合知性が存在したかもしれぬ。

だが集合知性が存在したことと、ガイナス兵が組織的に動いたことを我々は単純に、集合知性が誕生したから、組織的に動き出したと考えた」

「それは違うとおっしゃるので、司令官？」

「左様。

『集合知性』が誕生するためには、先にガイナス兵を組織的に働かせることができる『高等知能』段階がなければならぬ。自由意志はあるが意識はない段階じゃ。

ガイナス兵が一定数を超えた時に、地下都市とガイナス兵が生み出す高等知能はただ、ガイナス兵をいままで以上に組織的に管理すると同時に、集合知性の容れ物ともなった。

そうであれば集合知性は高等知能を介して、はじめてガイナス兵を操れる。少なくとも集合知性が個別のガイナス兵を動かすことはできぬ。我々が自分の意志で個別の脳細胞を動かせないように」

「ええ、するとガイナス兵やガイナスニューロンは、五賢帝の与《あずか》り知らぬレベルで自動的に改良か何かされたと？」

「だからこそ、五賢帝は自分たちを成り立たせる最小単位である、ガイナス兵やガイナスニューロンの姿は知らぬのよ」

「はぁ……」

三条はあまりの仮説に、何というべきかわからない。

「三条殿は、いつだか獣の知性の話をしておじゃったな。あれこそ、この謎を解く鍵じゃった。獣の知性が増えてゆけば、その上に集合知性が誕生する。

言い換えれば、集合知性は印よ」

「印と言いますと？」

「獣の印じゃ」

獣の知性というと、つい可愛い子猫のココちゃんを連想する三条先任参謀ではあったが、烏丸の指摘する問題の重要性は理解できた。

「司令官、仮に集合知性が高等知能に対して、なんと言いますか依存しているとした場合、集合知性と高等知能の考えが食い違ったら、どっちが勝つのでしょう？」

「いや、三条殿。食い違うことはない。この仮説が正しいなら、意思決定を行うのは高等知能であり、集合知性はその決定を再認識することになる」

「司令官、だったら集合知性は何のために存在するのでしょうか？　結果としてすべては高等知能の意思に決められてしまうなら」

三条の疑問を烏丸は喜んでいるようだったが、回答が戻るまでには間があった。

「いままでの話から考えるなら、集合知性は高等知能が必要と判断して誕生したのやもしれぬ。あるいは集合知性の誕生こそ目的だったのだろう」

そして烏丸はつぶやく。

「我々が対峙すべきは、五賢帝ではなく、彼らを支える獣知性やもしれぬ」

烏丸が、ガイナスの第二拠点捜索のために展開していた探査衛星群が、広範囲に消滅したとの報告をうけたのは、このすぐ後のことだった。

本書は、書き下ろし作品です。

象《かたど》られた力

飛 浩隆

謎の消失を遂げた惑星〝百合洋〟。イコノグラファーのクドウ圓《ヒトミ》はその言語体系に秘められた〝見えない図形〟の解明を依頼される。だがそれは、世界認識を介した恐るべき災厄の先触れにすぎなかった……異星社会を舞台に〝かたち〟と〝ちから〟の相克を描いた表題作、双子の天才ピアニストをめぐる生と死の二重奏の物語「デュオ」など全四篇の傑作集。第二十六回日本SF大賞受賞作

クロニスタ　戦争人類学者

柴田勝家

生体通信によって個々人の認知や感情を人類全体で共有できる技術〝自己相〟が普及した未来社会。共和制アメリカ軍はその管理を逃れる者を〝難民〟と呼んで弾圧していた。軍と難民の間で揺れる軍属の人類学者シズマ・サイモンは、訪れたアンデスで謎の少女と巡り合う。黄金郷から来たという彼女の出自に隠された、人類史を鮮血に染める自己相の真実とは？　遙かなる山嶺を舞台とする近未来軍事ＳＦアクション！

ハヤカワ文庫

楽園追放 rewired

サイバーパンクSF傑作選

虚淵 玄（ニトロプラス）・大森 望編

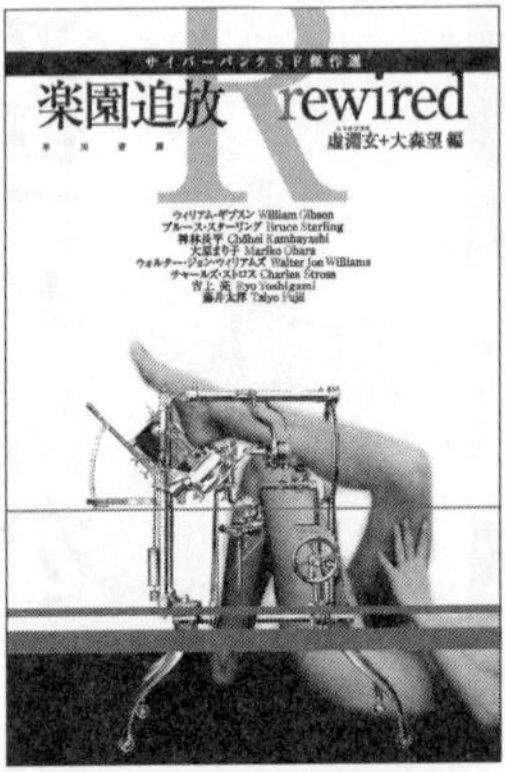

劇場アニメ「楽園追放-Expelled from Paradise-」の世界を構築するにあたり、脚本の虚淵玄（ニトロプラス）が影響を受けた傑作ＳＦの数々――Ｗ・ギブスン「クローム襲撃」、Ｂ・スターリング「間諜」などサイバーパンクの初期名作から、藤井太洋、吉上亮の最先端作品まで、八篇を厳選して収録する。「楽園追放」の原点を探りつつ、サイバーパンク三十年の歴史に再接続する画期的アンソロジー。

著者略歴　1962年生，作家　著書『ウロボロスの波動』『ストリンガーの沈黙』『ファントマは哭く』『記憶汚染』『進化の設計者』（以上早川書房刊）他多数

HM=Hayakawa Mystery
SF=Science Fiction
JA=Japanese Author
NV=Novel
NF=Nonfiction
FT=Fantasy

星系《せいけい》出雲《いずも》の兵站《へいたん》—遠征《えんせい》—3

〈JA1417〉

二〇二〇年二月二十日　印刷
二〇二〇年二月二十五日　発行
（定価はカバーに表示してあります）

著者　林《はやし》　譲《じょう》　治《じ》
発行者　早川　浩
印刷者　矢部真太郎
発行所　株式会社　早川書房
郵便番号　一〇一 - 〇〇四六
東京都千代田区神田多町二ノ二
電話　〇三 - 三二五二 - 三一一一
振替　〇〇一六〇 - 三 - 四七七九九
https://www.hayakawa-online.co.jp

乱丁・落丁本は小社制作部宛お送り下さい。
送料小社負担にてお取りかえいたします。

印刷・三松堂株式会社　製本・株式会社明光社

ISBN978-4-15-031417-0 C0193

本書は活字が大きく読みやすい〈トールサイズ〉です。